トラベル・ミステリー

NON NOVEL

西《にし》村《むら》京《きょう》太《た》郎《ろう》

十津川《とつがわ》警部《けいぶ》 怪《あや》しい証言《しょうげん》

祥伝社

目次

カバー装幀　かとうみつひこ
カバー写真　WAHA／amanaimages

一《いち》期《ご》一《いち》会《え》の証言

初出＝「小説ＮＯＮ」二〇一三年二月号

1

最近の城ブームもあって、滋賀《しが》県彦根《ひこね》市にある彦根城にも、全国から多くの観光客が集まるようになった。

彦根城は、もちろん、幕末の大老、井伊直弼《いいなおすけ》が、城主だった城である。

井伊直弼は、幕末一八五八年に大老の職に就《つ》いた。大老として、井伊直弼がやったことは、二つある。

一つは、将軍の跡継《あとつ》ぎ問題がおきた時、一橋《ひとつばし》派を排して、紀州和歌山藩主《きしゅうわかやまはんしゅ》、徳川慶福《とくがわよしとみ》を迎えたことである。これが、後の十四代将軍、家茂《いえもち》になった。

もう一つは、開国を唱《とな》え、勅許《ちょっきょ》を待たずに、日米修好通商条約を結んだ。これに反対する前水戸《みと》藩主、徳川斉昭《なりあき》以下を処罰し、安政《あんせい》の大獄を引き起こした。

このため、吉田松陰《よしだしょういん》、橋本左内《はしもとさない》ら八名が処刑され、前水戸藩主、徳川斉昭父子、越前《えちぜん》藩主、松平《まつだいら》慶永《よしなが》も処罰された。

一八六〇年、このことを怒った水戸・薩摩《さつま》浪士が、桜田門外《さくらだもんがい》で、井伊直弼を暗殺した。世にいう桜田門外の変である。

この時、井伊直弼、四十六歳。

井伊直弼は、桜田門外の変で有名になってしまい、いかにも、独断的で、独裁者の感じがするが、実際には諸学に通じ、特に茶道は石州《せきしゅう》流に学び、自《みずか》ら一派を立てたことでも有名である。

井伊直弼が好んだ言葉としては、茶道の心得《こころえ》として、よく知られる「一期一会《いちごいちえ》」がある。

一期一会という言葉は、茶道の心得から来ているのだが、井伊直弼も、この言葉が好きで、頼まれると一期一会と書くことが、多かったらしい。

2

彦根市内にある彦根城址には、天守閣や博物館があり、最近は、ひこにゃんが有名になり、観光客も、増えた。

そのため、ここにきて、彦根城を案内する何人かの観光ボランティアが活躍している。

今泉明子《いまいずみあきこ》も、その一人だった。今年七十一歳になる。五年前に夫が病死し、娘二人は、すでに、どちらも結婚している。

明子が、七十歳になって、彦根城観光の、ボランティアに応募したのは、彼女が、歴史好きで、井伊直弼に関心があったからだが、それ以上に、何もしないでいると、ボケてしまうのではないかと、思ったからだった。

明子は、認知症にならないための講習会に出たことがあり、そこで、講師の医者が、こんな話をした。

認知症にならないためには、毎日の訓練が必要である。物事に、好奇心を持つこと、そして、漠然《ばくぜん》と物事を、見ていてはダメで、覚えようとしなくてはいけない。例《たと》えば、人に会ったら、どんな服装をしていたか、どんな歩き方をしていたか、そういうことを一つ一つ注意深く、見るだけでも、認知症の予防になると教えられたのである。

そこで、明子は、観光ボランティアになり、彦根城址を訪れる観光客を、案内しながら、その人たちの服装や人数、どんなことを、きかれたのかを、一生懸命記憶することにした。さらに、それを毎日、日記に書き留《と》めておくことにした。それが、明子の認知症にならないための、訓練だった。

明子は、このことを、誰にも話したことはない。

密《ひそ》かな訓練である。

　この訓練のおかげか七十歳になっても前よりも物覚えがよくなったような気がしていた。

　十一月五日、明子は、観光ボランティアのユニフォームを着て、彦根城の前で観光客を待っていた。

　この時、明子が担当することになった観光客は、男二人、女三人のグループだった。年齢は二十代半ばから、三十代である。

　そのグループは、普通の観光客に見えた。明子たちボランティアは、最初に、等身大のひこにゃんの人形の前に、観光客を連れていく。そうすると、ほとんどの観光客は「可愛い」といって、一緒に写真を撮《と》るのである。

　今日の、男二人、女三人のグループも同じだった。最初に、女性たちが「可愛い」と、ひこにゃんの人形と一緒に、盛んに写真を撮っていたのである。

　その後で、明子は、

「私が、みなさんをご案内します。名前は、今泉明子で、ございます」

と、胸の観光ボランティアのバッジを、五人に示した。

　そこには、観光ボランティアの肩書と、今泉明子の名前が書いてある。

　そして、いつものように、観光案内が、始まった。

　井伊直弼の遺品が飾られている博物館では、明子は、勉強した、井伊直弼の経歴を説明した。最初は、井伊直弼の経歴を、間違えずにしゃべれるかどうか心配だったが、仕事にも慣れた今は、自信を持って、話すことができる。

（たぶん、それだけ、認知症にかかっていないのだ）

　と、明子は、思うことにした。

五人を、案内し終わって、博物館の、出口まで来た時、明子は、男性二人、女性三人のグループだったはずなのに、女性が二人しかいないことに、気がついた。

「もう一人の女性の方、どうされたんでしょう？」

と、明子が、きいた。

途中で、トイレにでも行ったのかと、明子は、思ったのだが、二人の男性の片方が、

「もう一人の女性って、いったい何のことですか？」

といった。

「もう一人、女性の方が、いらっしゃったじゃありませんか？　お先に帰られたんでしょうか？」

そういった、明子に対して、女性二人のうちの一人が、口にした言葉に、明子は、びっくりした。

「私たち、最初から、女二人ですよ。もう一人なんて、いませんよ」

と、いったのである。

明子は、とっさに、相手が冗談をいっているのかと思ったので、わざとニッコリして、

「もう一人の方、いらっしゃったじゃありませんか？　ほら、帽子をかぶった方。白の、あれは、革《かわ》ですか？　そんな帽子を、かぶっていた方がいらっしゃったじゃありませんか？　私が、途中で、その帽子をお誉《ほ》めしたら、帽子が好きなんだと、おっしゃってましたよ」

ところが、今度は、男の一人が、

「おばあさん、いくつですか？」

と、きく。

「七十一歳ですけど」

「それじゃあ、少しボケが、始まってるんじゃないかな？　僕たち、最初から、男二人と女二人ですよ。五人じゃありませんよ。案内しているうちに、ほかのグループと、間違えたんじゃないの？」

「そんなことは、ありませんよ」

多少はムキになって、明子が、反論したのは、彼女が認知症を心配していたからである。

明子は、日頃から、認知症にならないように、自分なりに、一生懸命、努力しているつもりだった。

「いいえ、最初、みなさんが、いらっしゃって、私が、担当することになりましたと、自己紹介したでしょう？　その時には、間違いなく、五人いらっしゃったんですよ。今もいったように、白い帽子をかぶって、白のハーフコートを、着ていた方ですよ」

それでも、四人は、笑っていて、女性の一人が、

「そんな人、知りませんよ。誰かと間違えているんじゃありませんか？」

と、いい、男の一人は、

「おばあさん、やっぱり、ボケが始まってるんだ。絶対に、そうに違いない。ボクのおやじも六十代で、ちょっとおかしくなって、今、認知症で入院してますよ。おばあさんも、病院に行って、調べてもらったほうがいいよ」

からかうようにいった。

「そんなことありませんよ」

明子は、ムキになっていた。

しかし、そんな、いい合いをしているうちに、明子は、だんだん不安になってきた。

（ひょっとすると、もう七十一歳だから、彼らが、いうように、認知症が始まったのかもしれない）

と、思ったのである。

明子が、黙ってしまうと、四人は、

「おばあさん、よかったよ」

「また来ますよ」

「早く、病院に行って、診《み》てもらったほうがいいですよ」

口々に、勝手なことをいって、明子から離れていった。

3

明子は、心配になってきたので、その日のうちに、大学病院に行き、前に認知症についての講義を受けた医者に、診てもらうことにした。

明子の話をきいて、医者が、笑った。

「今泉さんは、その、いなくなった女性について、ちゃんと、覚えているんでしょう？」

「ええ、よく、覚えています」

「じゃあ、ここに、その女性の服装でも、顔立ちでも、覚えていることを、何でもいいから、描《か》いてみてください」

医者は、サインペンと、画用紙を、明子の前に、置いた。

明子が、一生懸命思い出しながら、描いて、それを医者に渡すと、医者は、絵をかくして、

「それじゃあ、その女性の、説明をしてください」

「今日は、寒かったので、彼女は、白い帽子をかぶり、白いハーフコートの下に、薄いブルーの、マフラーをしていました。それから、足のほうは、今流《は》行《や》りの、ヒョウ柄のブーツでした」

「よく覚えていますね」

「これと同じブーツを、私も、持っているんです」

明子は、笑ったが、すぐに、真顔《まがお》になって、

「それで、私、認知症に、なったんでしょうか？」

「いや、大丈夫ですよ。認知症ではありません。心配する必要は、ないですよ」

医者は、笑顔になっていた。

「でも、あの四人の若い人たちは、もう一人の女性が、一緒にいたなんてことは、ないというんですよ。その上最後には、私のことを、年寄りだから、ボケが、始まったんじゃないか、病院に行って診てもらったほうがいいなんてことまでいわれて。それ

で、心配になったんです。あの人たちは、どうして、あんなことを、いったんでしょうか?」

「そうですね、一通り、彦根城の中を、案内するのに、どのくらいの、時間がかかるんですか?」

医者が、きいた。

「二時間くらいですけど」

「それなら、これは、私の想像ですが、五人のグループの中で、内輪《うちわ》で、ケンカが始まったんじゃありませんかね。それで、五人目の女性が、怒って、先に、帰ってしまった。あなたが説明している間に、五人のうちの一人が、帰ってしまっても、気がつかないことも、あるでしょう?」

「ええ、説明している時なら、そのことに、没頭していますから、一人の方がいなくなっても気がつかないかもしれません」

「きっと、それですよ。つまらないことで、口ゲンカになって、彼女が、先に帰ってしまったので、それを、あなたに知られるのがイヤだったんじゃ、ありませんか? だから、最初から、女性は、二人だけだったといったんだと、思いますよ。いずれにしても、今泉さんは、認知症じゃありませんから、安心してください」

と、医者が、いった。

4

明子は、現在、一人住まいである。亡くなった夫の、退職金も、あり、その上明子自身も、年金をもらっている。だから、生活が苦しいということはないのだが、それでもやはり、一人でいると、どうしても、いろいろと、不安になってくることもある。

特に今日は、落ち着かなかった。

「認知症じゃありませんから安心してください」

と、医者は、いってくれたのだが、それでも落ち着かない。

そこで、明子はスケッチブックを取り出すと、病院で描いたのと同じように、消えてしまった女性の服装を、もう一度、描いてみた。

明子は、少しばかり、意地になって、どんな小さなことでも、思い出そうと思った。

彼女が、携帯電話を掛けていたことを、思い出し、顔の横に、小さく、携帯を描いた。

電話は、女のほうから、掛けたのではなく、掛かってきたのである。そのことも、明子は、横に、メモした。

電話のあった時刻は、たしか、午前十時半頃である。だから、「外から電話。十時半」と、書いた。

気がつくと、すでに、午前一時を過ぎてしまっていた。

ムキになった自分が恥ずかしかったし、バカらしくも、なってきた。たぶん、医者がいっていたように、あの五人の中で、ケンカがあって、女の一人が、腹を立てて、先に帰ってしまったのだ。

よくある話である。そんなことにムキになってしまった自分が、明子は大人げなく思えてきたのである。

明子は、布団《ふとん》に入り、明かりを消して、眠ることにした。

5

翌日の十一月六日も、明子は、元気に、彦根城に出かけた。

今日も、彦根城の人気は上々で、朝から、観光客が、たくさん集まってきている。観光バスに乗り、グループで来ている観光客が、多いのだが、十時頃、一人だけでやって来た、若い女性の観光客がいた。

白い帽子に、白のハーフコート、薄いブルーのマフラー。それを見て、明子は、思わず、声をかけた。

「失礼ですけど、昨日も、ここにいらっしゃいましたよね？　ほかに、四人の方と一緒で、私が、ご案内したのを、覚えていらっしゃいます？」

明子の言葉に、相手は、ニッコリして、

「ええ、昨日のことですからもちろん、ちゃんと、覚えていますとも。せっかく案内していただいていたのに、途中で、急に用事ができてしまって、一人だけ先に、帰らなくちゃならなくなったんですよ。それでもう一度、彦根城を、見たくなって、東京から、戻ってきたんです」

その言葉に、明子はほっとして、

「そうだったんですか。じゃあ私がもう一度、ご案内しますよ」

といった。

たった一人の観光客を、案内するのは、観光ボランティアを、始めてから、一度か二度しかない、珍しいことだった。

明子が、女性を、案内しながら、

「私ね、昨日、あなたが、急にいなくなってしまったので、心配になって、どうしたのかしらと、お友だちにきいたら、他の四人の方が、『自分たちは最初から、四人のグループで、五人目の女性なんていない』とか、『おばあさん、ボケたんじゃないの？』とかいって、からかうんですよ」

と、いうと、相手は、

「ごめんなさい。いいお友だちなんだけど、時々、人をからかったりするんですよ。今度会ったら、気を、つけるようにいっておきますよ」

「お客さんは、東京から、いらっしゃったんですよね？」

「ええ、東京からです」

相手は、明子の胸元についている、観光ボランティアのバッジに、目をやって、

「今泉明子さんですよね」

「ええ」

「おいくつですか？」

「今年で、七十一歳になります」

「本当？　お若いわ。私の母よりずっと、お若く見えますよ。私の母は、まだ、六十五歳なんですけど、今泉さんより、ずっと老《ふ》けていますよ」

「ありがとう」

「今泉さんは、この辺に、お住まいなんですか？」

歩きながら、女がきく。

「ええ、ずっと、彦根に住んでいます」

「こうして、案内してくださるのは、ボランティアなんでしょう？　全国から、いろいろな人が、来るから、大変なんじゃありません？」

「たしかに、大変ですけど、私は、観光ボランティアをやっていると、老け込まないような、気がするんですよ。あなたのような、若い人にも会えるし、自然に、彦根の歴史も、勉強するようになって、自分でもボケないような気がするの」

「昨日、私の連れの四人が、ウソをついて、私が、最初から、いなかったといった時には、ビックリなさったんじゃありません？」

「ビックリというよりも、自分では、まだ、ボケていないつもりなのに、あの時は、急に、自信が、なくなりました。私も、とうとう認知症になって、ボケが、始まったかと思って」

明子が、笑うと、相手も、笑って、

「本当に、ごめんなさい」

一通りの観光案内が、終わったところで、相手は明子に、昨日のお詫《わ》びに、お茶でもご馳走《ちそう》したいというので、明子は、同僚のボランティアに、断わって、近くの喫茶店に、連れていった。

コーヒーを飲み、ケーキを食べながら、明子は、その女性と、話をした。

彼女は自分の名前を、中島由美《なかじまゆみ》だと教えてくれた。

中島由美は、話好きだった。明子がきく前に、自分から現在、東京の銀行に、勤めていて、年齢は三十歳、まだ独身だといった。

「結婚のご予定はないの？」

明子が、きくと、中島由美は、ニッコリして、

「来年の秋には、結婚する予定に、なっています」

「お相手は、どんな方なの？」

「私のことを、大事にしてくれる、とても、優しい人です。ただ、少しばかり、優しすぎるのが不満といえば、不満なんですけど、でも、これって、贅沢《ぜいたく》な、悩みですよね？」

中島由美が、笑顔で話す。

「昨日、ご一緒だった方たちは、どんな、お友だちなの？」

「大学時代の、同窓生と後輩です」

と、由美が、いった。

「みなさんで、よく、旅行に行かれるのかしら？」

「そうですね。まだ、全員が独身ですし、仲がいいので、時々、一緒に出かけています。私なんか、結婚してしまったら、旅行になかなか、行けなくなると思って、今のウチに、楽しんでおくつもりで、あちこちに、出かけて、いるんです」

「うらやましいわ」

「でも、今泉さんだって、今は、お一人なんだし、元気なんだから、旅行に行こうと、思えば、どこにでも、簡単に行けるんじゃないんですか？」

「ええ、たしかに、行くと決めれば、簡単なんですけどね。少しでも、おっくうに感じたり、ボランティアの仕事が、面白かったりすると、つい行きそびれてしまうんですよ」

「旅行するとしたら、どちらに、いらっしゃりたいんですか?」

と、由美が、きく。

明子は、少し考えてから、

「そうね、今だったら、やっぱり北海道かしら」

「北海道には、まだ、行かれたことが、ないんですか?」

「今から三十年くらい前のまだ若い頃は、行きましたよ。でも、歳をとってからは、まだ一度も、行ってません。行くのは、近いところばかり」

「ここから、近いところというと、京都ですか?」

「京都には、よく、行きますよ。ここからだと日帰りもできますものね」

「京都というと、どの辺りに、行かれるんですか?」

「清水寺《きよみずでら》に行ったり、嵯峨野《さがの》に、行ったり、いろいろですよ。あなたも、京都がお好きなの?」

「ええ、大好きです。京都にも、よく行きます」

「私は、お茶を、やっているんで、京都に、行ったら、それほど、高くなくても、気に入った、茶碗を探して、少しずつ買い集めて、いるんです」

と、明子が、いった。

6

一時間近く、喫茶店で、話をしただろうか、明子にとっては、楽しい、時間だった。

これで、自分が、まだ、ボケてはいないことが、わかったし、中島由美という東京の若い女性と知り合いになり、彼女のことも気に入ったからである。

この日、自宅に帰ると、さっそく、画用紙を、取り出して、さっき別れた中島由美の顔や服装を描いていった。

自己流の、認知症の予防訓練をしているので、一時間近く、しゃべっていると、どうしても、日頃のクセが出て、細《こま》かいところまで、記憶してしまう。

7

それから、一週間がすぎた。

十一月十三日、東京・月島《つきしま》の冷凍倉庫で、若い女性の死体が、発見された。

その冷凍倉庫は、十日ごとに、責任者がカギを開けて、冷凍してある、主としてアメリカ産の、牛肉を運び出し、新しく、輸入した冷凍肉を入れることに、なっていた。

十一月十三日も、そのために、責任者が数人の社員と一緒に、冷凍倉庫の中に入り、女性の死体を、発見したのである。その冷凍倉庫の中で、死体が、見つかるというのは、冷凍倉庫を、管理している牛肉卸《おろし》業者にとっても、もちろん、初めての経験だった。

そこで、責任者が、すぐに、一〇番し、警察が、やって来た。

冷凍倉庫の中に、入った刑事たちは、一様《いちよう》に「寒い」とか「これは酷《ひど》い」とか、いった。

冷凍倉庫の中は、常に、マイナス三十度に保たれている。そのため、死体は、体全体が、凍りついていた。

司法解剖のため、死体は、大学病院に、送られた。

その後、この事件の、指揮を執《と》ることになった警視庁捜査一課の、十津川《とつがわ》警部が、冷凍倉庫の責任者に、話をきいた。

冷凍倉庫は、暗証番号で開けることになっていた。

「この冷凍倉庫の中に、死体があったということは、つまり、誰かが、暗証番号を押して、中に、入ったということになりますが、暗証番号が漏《も》れたということは、考えられますか？」

「暗証番号は、私と、私の下にいる、部下の二人しか知りません。もちろん、私は、誰にも教えて、いませんし、部下が、誰かに教えることはあり得ませんから、こんな事態が起こってしまいますと、残念ながら、暗証番号が、盗まれていたとしか考えられません」

問題は、冷凍倉庫の中で、死んでいた女性の、死亡推定時刻である。司法解剖の結果から、死因は、ショック死と判明したものの、いつ死んだかは、判断できないと、医者が、いった。

とにかく、倉庫内は、マイナス三十度の世界である。どんな人間、あるいは、どんな生き物であろうとも、中に入れば、一時間以内に、冷凍化してしまうという。いったん冷凍化されてしまうと、体の組織は、その後、まったく、変化しないから、いったい何時間、冷凍倉庫に、入っていたのかわからないというのである。

ただ、冷凍倉庫を所有している食肉業者は、十日に一回、冷凍倉庫を開け、冷凍した肉を、出し入れするのだと、証言した。

ということは、十一月十三日に開けた時、冷凍倉庫の中で、若い女性が死んでいるのを発見したから、その前に開けたのは、十日前の十一月三日ということになる。

とすると、死んだ女性が、冷凍倉庫に、放り込まれたのは、十一月三日から、十一月十三日までの十日間のうちの、いつかということに、なってくる。

被害者の身元の確認が、難航した。身分証明書とか、運転免許証、あるいは、携帯電話などを、被害者が、持っていなかったからである。

そこで、十津川は、マスコミの力を借りることにした。着ていた衣服、年齢、顔の特徴、身長など、被害者に、関する情報を、マスコミに報道してもらい、それを見た家族や友人たちからの、連絡を待つことにしたのである。

こうした場合、うまくいくと、その日のうちか、二、三日中には、有力な情報が提供されてくるのだが、今回は、その情報が、なかなか、集まらなかった。

しかし、五日後になって、意外なところから、情報が、捜査本部に、寄せられてきた。

8

十一月十八日の夕方、女性の声の電話が、捜査本部に掛かってきた。

「十三日に、月島の、冷凍倉庫の中で、死んでいた女性のことなんですが、ひょっとすると、私の、知っている女性かもしれません」

電話が、女性からだったので、女性刑事の北条《ほうじょう》早苗《さなえ》刑事が、応対した。

「冷凍倉庫の中で、亡くなっていた女性は、あなたの、お知り合いですか？」

早苗が単刀直入《たんとうちょくにゅう》にきいた。

「知り合いというわけでは、ありませんが、十一月五日と六日の二日間、お会いしているんです」

と、相手が、いう。

「どんな、関係なんでしょうか？」

「私は、滋賀県の、彦根市で、彦根城の観光ボランティアを、やっています。十一月五日に、間違いなく、新聞に出ていた、被害者の女性の方が、お友だちと一緒に、こちらに、観光にいらっしゃったので、私が、ご案内しました。翌日の六日にも、この女性が、今度は一人で、お見えに、なったんです。その時も私が、ご案内しました」

「あなたが、彦根城で、案内したのは、本当に、冷凍倉庫の中で、死んでいた女性ですか？　間違いありませんか？」

早苗が、念を押した。

「ええ、間違いないと、思います」

「あなたが、彦根城を、案内している時、この女性と、何か、話をしましたか？」

「ええ、しました。ただ、彦根城をご案内している時の、会話ですから、それほど、深い会話じゃありませんが」

「名前は、おききに、なりましたか？」

「ええ、中島由美さんとおっしゃってました。東京に住んでいて、銀行に、勤めている。今年三十歳で、今は独身だが、来年の秋には、結婚する予定になっていると、中島さんは、おっしゃってましたよ」

早苗は、相手のいうことを、メモ用紙に書き留《と》めながら、電話をしていたが、

「殺人事件なので、警察としては、もっと、詳《くわ》しいことを知りたいのです。それで、あなたにお会いして、いろいろとお話をおききしたいのですが、どちらに行ったら、お会いできますでしょうか？」

「今申し上げたように、私は今、ボランティアで、彦根城の観光案内を、していますので、彦根城の入口のところに、いつもおります。こちらに、来ていただければ、いつでも、お会いできます。名前は、今泉明子でございます」

9

北条早苗は、今泉明子という、彦根の女性からの電話のことをそのまま、十津川に報告した。

「亡くなった女性、たしか、中島由美といったね？その女性は、間違いなく、十一月五日と六日の、両日、彦根に、行っているのか？」

十津川が、念を押した。

「ええ、そう、いっていました。でも、もしかしたら、電話を掛けてきた女性が、勘違《かんちが》いをしているかもしれません。それで、明日、向こうに行って、確認してこようと、思っています」

と、いう早苗の言葉に、

「それなら、三田村《みたむら》刑事と一緒に行ってきたまえ。ボランティアの女性に会って、こちらで、発見された死体と、彦根城で、案内した女性が、同一人物かどうか、はっきりと、確認してくるんだ」

と、十津川が、いった。

翌日の朝早く、北条早苗刑事は、同僚の、三田村刑事と新幹線で、米原《まいばら》に向かった。米原で降りると、そこからタクシーで、彦根に向かった。

彦根の町は、静かなたたずまいの、城下町である。その市内に公園のような感じで、彦根城址が、あった。

彦根城址に近づくと、観光バスや、乗用車が、駐車場に、並んでいた。

「彦根城って、結構人気が、あるみたいね」

と、早苗が、いう。

「最近は、城ブームだし、歴史ブームでもあるからね。歴史に、興味のある人なら、城主が井伊直弼で、彼が、桜田門外で、水戸・薩摩浪士に斬《き》られて殺されたことは、よく知っているだろうし、歴史に、興味のない人でも、最近は、ひこにゃんという、キャラクターで有名だ」

三田村もいった。

彦根城の入口のところにお揃《そろ》いのユニフォーム姿のボランティアの人たちが、三人ほど、椅子に、腰を下ろしていた。

そこには、等身大の、ひこにゃん人形が置かれていて、子どもたちが、人形をなでたり一緒に写真を撮ったりしている。

「こちらに、今泉明子さんは、いらっしゃいますか？」

早苗が、声をかけた。

ユニフォーム姿の、女性の一人が、二人の刑事に向かって、

「私が、今泉明子でございます」

と、いった。

その顔を見て、早苗も三田村も、少し心配になってきた。どう見ても、かなりの、老人だからである。

それでも二人の刑事は、今泉明子に彦根城を、案内してもらいながら、話をきくことにした。

歩き出してすぐ、早苗が、

「失礼ですけど、今泉さんは、おいくつですか？」

と、きいた。

「七十一になります」

今泉明子が、答える。

「本当に、お元気ですね」

と、いったが、早苗の心配は、消えなかった。

認知症で、なくとも、六十歳、七十歳ともなれば、どうしても、記憶力が、衰えてくるものである。もし、別人のことをいっているのだとしたら、ここに来たことも、今泉明子に会うこともまったくの無駄足になってしまう。

「あなたが、覚えている女性ですが、写真は、ありますか？」

三田村が、きいた。

「いいえ、ご案内する方の写真は、要望がなければ、撮りませんので、写真はありません。でも、家に帰ってから、絵を、描きましたよ」

明子が、いう。

「どんな絵でしょうか？」

「五日と六日に、ご案内した時に、覚えていた女性の特徴を、念のために、描き留めてみたんです」

そういって、明子は、スケッチブックを取り出して、二人の刑事に見せた。

「写真を、撮ってはいけないが、こういう絵を描くことは、構わないんですか？」

「私が、勝手に描いていますから」

「それで、どうして、この絵を、描いたんですか？」

と、三田村が、きいた。

「私自身についていえば、ボケ防止ですけど」

「それだけですか？」

「あの女の方が、ちょっと気になったこともありますす」

「その点を、くわしく話してください」

「今も申し上げたように、あの女の方は、五日と六日の二回、こちらに、来られたんです。五日に来た時は、大学時代の、お友だちと一緒でした。男性二人、女性三人の、グループでした。ただ、途中で、なぜか、あの女性が、いなくなってしまったんです。後でわかったんですけど、何でも、急用ができて、途中で帰らなくては、ならなくなったんだそうですよ。それで、翌日の六日にもう一度、彦根城が見たくて、今度は、一人で、やって来たといってました。五日にグループで来た時には、彼女が帰った後、私がおばあさんなので、『全員のことを、ちゃんと、覚えているの？』と、からかわれました。私も負けん気を出して、自分の記憶力が、まだ、衰ていないことを、示そうと思って、六日に来た時には、彼女の特徴を、いろいろと覚えて家に帰ってから、彼女の絵を、描いてみたんです。これが、そうです」

と、明子が、いった。

三田村も、北条早苗も、別に、彦根城のことや、井伊直弼のことを、きくために、わざわざ、やって来たわけではない。それで、途中からは喫茶ルームに、移って、今泉明子の話を、きくことにした。

「昨日、電話で、おききしたことを、もう一度、確認したいのです」

と、早苗は、続けて、

「たしか、その女性の名前は、中島由美さん。そうでしたね？」

「ええ、そうです。こちらから、おききしたわけではありませんが、彼女のほうから、自分の名前は、中島由美だと、教えてくれたんです。現在三十歳で、東京の銀行に、勤めているとか、今は、独身だが、来年の秋には、結婚する予定になっているといった話もしてくれました。前日の五日に、お友だちと一緒に、来た時には、途中で急用ができたので帰ってしまったが、あの時に、一緒にいたのは、大学時代の同窓生や、後輩だったと、いっていましたよ」

三田村は東京から持ってきた絵を、テーブルの上に、広げた。その絵は、冷凍倉庫の中で、死んでいた女性を、絵のうまい刑事が、写生したものだった。

それを、今泉明子が、描いた絵と比《くら》べてみる。問題は、同一人かどうかである。

今泉明子が描いた絵は、あまり、うまくはないが、着ている洋服や、顔立ち、背の高さなどの特徴は、しっかりと、描き留めてあった。

「よく似ています。同一人物と考えていいかも、しれませんん」

と、早苗が、いった。

三田村も、うなずいた。

白い帽子に、白いハーフコート、薄いブルーのマフラー、ヒョウ柄のブーツ。服装については、まったく、同じに見える。

早苗は、今泉明子が描いた絵を、指差しながら、

「ここに、携帯電話が描いてありますが、彼女は携

帯電話を、持っていたんですか？」

「ええ、持って、いらっしゃいましたよ。私が、ご案内している時に、彼女の携帯が鳴って、何か、話をしていました。小さい声でしたから、話の内容までは、わかりませんけど」

「殺人事件なので、もう一度、確認させてくださ い」

早苗はあくまで、慎重だった。

「名前は、中島由美、年齢三十歳、東京の銀行勤務、結婚の予定はあるが、今は独身。これで、間違いないですね？」

「ええ」

「何という銀行かわかりますか？」

「いいえ。そこまでは、ききませんでした。あまり根掘り葉掘りきくのは、失礼と思いましたから」

「お客さんを案内して一巡するのに、時間は、どのくらい、かかるんですか？」

三田村が、きいた。

「そうですね、普通に、回れば、だいたい二時間くらいです」

「問題の女性は、五日には、友だちと一緒にやって来て、六日には、一人で、やって来たんですよね？五日と六日、それぞれ、何時頃、ここに、来たんですか？」

「五日も六日も、ご案内して、戻ってきた頃に、ちょうど、お昼ご飯の時間になっていましたから、五日も六日も、午前十時頃に、来られたはずです」

「五日も六日も、午前十時頃やって来て、あなたが、二時間ほど、案内した。そのうち、六日のほうは、一人で、やって来たんですね？」

三田村が、きく。

「ええ、六日は、一人で、来られましたよ」

「中島由美という名前や、銀行で、働いているということなどは、仲間と、一緒に来た時ではなく、翌日一人で来た六日の日に、話したんですね？」

「ええ、そうです」

「中島由美さんとは、案内しながら、いろいろお話をされたんですか？」

今度は、早苗が、きいた。

「いいえ。六日にご案内が終わった後、中島由美さんが、この近くで、お茶でも、飲みながら、お話ししたいというので、一緒に、近くの喫茶店に、行ったのです。そこで、中島由美という名前を、教えてくれたり、年齢や仕事のことなども、お話しになったんですよ」

「今回のように、案内が、終わってから、お客さんと一緒に、喫茶店に行って、お茶を飲むというのは、よくある、ことなんですか？」

「いいえ、ほとんど、ありません」

「それなのに、どうして、今回は、中島由美さんと、お茶を飲んだんですか？」

「たいていのお客さんは、観光バスでいらっしゃる、グループの方ですからね。案内が、終われば、バスに乗って、帰ってしまいます。六日の中島由美さんはバスではなく、一人でいらっしゃっていて、前の日のお詫びに、お茶でも飲みながら、お話ししましょうかということに、なったんですよ」

二人の刑事は、話を、きき終わって、明子に礼をいって、帰ろうとした。

別れる時、明子は、

「さっき、見せていただいた、殺された女性の似顔絵ですが、いただけませんか？　コピーでも構いませんが」

と、いった。

「今泉さんは、どうして、被害者の似顔絵がほしいんですか？」

早苗が、きく。

「実は私、訓練を、しているんです」

「訓練？」

「認知症の問題で、お医者さんに、話をきいたことがあるんです。日頃から訓練をすれば、認知症の発症を、防ぐことができる。その訓練というのは、何かを見たら、一応、覚えておいて、それを手帳に書き留める癖《くせ》をつけておくと、認知症の予防になる。お医者さんに、そう、いわれたもので皆さんをご案内しながら、その方の服装などをスケッチしたり、言葉で覚える訓練をしているんです。自分の、描いた絵と、くらべさせてください」

明子のその言葉に、若い三田村は、笑顔になった。

「ええ、いいですよ。それなら、この近くのコンビニで、コピーしてそれを、差し上げますよ」

10

三田村と北条早苗の二人は、捜査本部に、戻った。

二人は、今泉明子にもらった、中島由美の絵を、十津川に見せた。

「これが、彦根城案内のボランティアの女性が描いた問題の女性の、絵です。ボランティアの女性は、認知症に、ならないための予防として、日頃から、訓練としてお客のスケッチをしているそうです」

「認知症予防の訓練か？」

「自分が案内をしたお客さんが、どんな、洋服を着ていたかとか、どんなデザインの靴を、履いていたかとか、そうした、細かいことまで覚えておいて、仕事が終わった後、それを絵に描く。それを、やることによって、認知症になるのを防げると、医者に、いわれたそうです」

「かなりの年齢の女性だそうじゃないか？」

「七十一歳の女性でした」

「大丈夫なのか？」

「最初は、七十一歳だときいて、ちょっと不安になりました。認知症ではないとしても、人間、歳を取ってくると、どうしても、物忘れが激しくなります。自分が、案内した女性について、しっかり、覚えているだろうかと、心配になりました」

「それで話をしているうちに、信頼できると、思ったのかね？」

「完全にでは、ありませんが、七十一歳でも、かなり、しっかりしているから、間違いはないだろうと、そう思うようになっていました」

早苗が、いい、三田村も、

「彼女がメモした中島由美という名前や、三十歳という年齢、それから、銀行に勤めているということとか、独身であるということは、信用しても、いいのではないかと、思います」

「では、東京中の、銀行を、片《かた》っ端《ぱし》から、当たってみようじゃないか？　中島由美という名前の、銀行員がいるかどうかを知りたいんだ」

しかし十津川は、部下の刑事たちに、指示を出しながらも、どこかで、首を、かしげていた。

（彦根城を案内する、ボランティアが、中島由美という名前や、三十歳という年齢、それに、東京の銀行に、勤めているということまで知っているのに、新聞やテレビで呼びかけた時、友人や知人、家族などが、警察やマスコミに、どうして、情報を、提供してこなかったのだろう？）

11

今泉明子の証言によって、殺された女の名前が、中島由美であることがわかり、その中島由美が勤めていた銀行の名前もわかったことで、捜査は、一挙に、進展することとなった。

中島由美の勤務する銀行では、無断欠勤が、続いているので、実家と連絡を取り合って、捜索願を、出そうとする、ところだったらしい。

中島由美の周《まわ》りにいる男女の名前も浮かんできた。彼女が、来年の秋に結婚することになっていたという相手の名前も判明した。
近藤正志《こんどうまさし》という、三十二歳の青年である。若いが、ＲＫ不動産の営業部長である。

十津川たちは、まず、近藤正志に会って、話を、きくことにした。

背の高い、明るい感じのいい青年だった。

十津川は、新聞やテレビなどのマスコミを通じて、広く、情報を求めたのに、その時に、どうして、警察に連絡してこなかったのかと質問した。

「中島由美さんは、あなたのいいなずけだった人でしょう？　それなのに、どうして、冷凍庫で死んでいた女性が、中島由美さんだと、気がつかなかったんですか？」

「実は、社長から、不動産の勉強をして来いといわれて、十一月六日から、アメリカに行っていたんですよ。帰ってきてから彼女のことを、知りましてね。それで、新聞に事件のことが、載《の》っていたことも、全く知らなかったわけで、こんなことになるんだったら、アメリカ行きを、断わるんだったと思っています」

と、近藤は、殊勝《しゅしょう》な顔で、いった。

刑事たちが、すぐ近藤正志が働いているＲＫ不動産に、電話をして、アメリカ行きが本当かどうかを、確かめると、間違いなく、十一月六日から十日間、アメリカに行っていたことが、判明した。

これで、近藤正志には、今回の殺人について、アリバイがあることが、証明された。

今泉明子の証言によって、殺された中島由美が、十一月六日まで、生きていたことは、紛《まぎ》れもない、事実だったからである。

近藤正志は、十一月六日、成田《なりた》空港発午前十時三十分の、アメリカン航空で、ニューヨークに向かっていた。ちょうどその頃中島由美は、一人で、滋賀県に行き、観光ボランティアの、今泉明子と一緒に、彦根城を見て回っていたことになるからである。

十一月五日のことも、はっきりわかってきた。

この日、中島由美と、近藤正志、それに、大学の同窓生、後輩たち、全部で五人が、彦根城を見に行っていた。由美、近藤以外の三人の名前も、刑事たちが調べてきた。

河野《こうの》みどり、三十歳。大学で、中島由美と同窓だった。

岩本恵《いわもとめぐみ》、二十五歳。大学の後輩。

小杉勝《こすぎまさる》、三十歳。彼も、大学時代の同窓生だった。

五人は、全員が、東京に住んでいるというわけではなかった。中島由美、近藤正志、そして、河野みどりの三人は、東京に住んでいたが、小杉勝は大阪、後輩の岩本恵は、京都である。

小杉勝が、会社の都合で、タイのバンコクに行くことになり、十一月五日に、久しぶりに五人で会おうじゃないかということになった。

小杉勝が、昔からお城のマニアで、もう一度、彦根城を見てから、タイに行きたいというので、十一月五日に、彦根城を、見に行ったという。

小杉勝は、今回の事件が、公《おおや》けになると、わざわざ、タイから戻ってきて、警察の質問に答えてくれた。

「十一月五日ですが、中島由美と近藤正志さんが、何か、ロゲンカのようなことをしていましたね。小声だったので、気がつかないヤツもいたけど、中島由美は怒って、途中で、一人で、帰ってしまったんです」

と、小杉が、証言した。

京都に住む岩本恵は、五人の中で、大学の後輩に当たるのだが、中島由美と、近藤正志が、ロゲンカをしていたことには、全く、気がつかなかったと、いった。

「中島由美さんが、突然、何もいわずに、いなくなってしまったので、ビックリしました。そうしたら、近藤さんが、彼女は、急用を、思い出したので、先に帰るといって、一人で、帰ったと、教えてくれました。ロゲンカがあったなんて、全然気がつきませんでした」

岩本恵は、五日に、京都へ帰り、そのあとは、毎日、仕事に出ていた。

東京に住む河野みどりは、女優だった。

とはいっても、いくつかのテレビドラマに出演してはいるのだが、主役ではない、単なる脇役に、すぎなかった。それで、河野みどりという名前が、十津川の記憶になかったのである。

「テレビに出ているといっても、その他大勢の一人ですから」

と、いって、河野みどりは、笑った。

「あなたは、十一月の五日に、中島由美さんたちと一緒に、彦根城を見に行きましたね？」

十津川は確認するように、きいた。

「ええ、十一月五日は、小杉さんが、会社の都合で、タイに行くことになったというので、仲間たちが、集まって、彦根に、行ったんです。小杉さんが、彦根城を、見たいというので。案内をしてくださった、高齢の女性の方は、観光ボランティアの方でした。お年寄りでしたけど、とてもお元気でした。お城を見ている途中で、中島由美さんと、近藤さんが、口ゲンカをしていたのは、知っていますよ。でも、あんなのは、ケンカじゃありませんね。何ていうのかしら、二人で、いちゃついているとでもいったらいいのか、微笑《ほほえ》ましくて、うらやましかったですよ」

「中島由美さんが、先に帰った後、観光ボランティアの女性に、最初から、四人だったと、いったそうですね」

「ほんの、冗談でした。それに、小杉さんと恵さんも、合わせてくれて。あの人、気を悪くしたのかしら」

みどりは、笑いながらいう。

「あなたは、美人だから、恋人がいるんでしょう?」

横から、亀井《かめい》が、きいた。

「私は今、女優として、有名になりたいんです。恋愛は、有名になってから、ゆっくりするつもりです」

みどりが、また、笑った。

「中島由美さんが、月島の冷凍倉庫の中で死体となって発見された時、新聞やテレビに情報提供を、求めたのですが、あなたから情報が来ませんでしたね?」

少しばかりとがめる感じで、十津川が、きくと、みどりは、

「その時テレビドラマの仕事で、北海道へロケに行っていたんです。監督さんが、演出に凝《こ》った人で、北海道の原野の中に、わざわざ村を作って、そこに、全員で泊まり込んで、撮っていましたから、その間、新聞もテレビも、見ていませんでした。東京で、あんな事件があったなんて、全く知らなかったんです」

みどりはいうのである。

その件も、十津川は、テレビ局に連絡し、一応、確認してみた。

間違いなく、河野みどりは、新聞で、呼びかけた十一月十四日には、早朝から、北海道の日高《ひだか》で、テレビドラマの撮影のスタッフや、俳優たちと一緒にいたことがわかった。

12

捜査本部の黒板には四人の名前が、書いてある。

近藤正志
河野みどり
小杉勝
岩本恵

この四人の名前である。

そして、少し離れたところに、

中島由美、二十歳、被害者　十一月七日以降に冷凍庫内で死亡

「今のところ、この四人全員に、アリバイがあります」

十津川が、捜査本部長の三上《みかみ》に、いった。

「ここに名前の書かれた、四人以外に、中島由美と、親しく付き合っていた人間は、いないのかね？」

「大学を卒業してからも、中島由美と付き合っていたのは、この四人だけです。銀行の仕事は忙しくて、友だちが、少なかったようです。中島由美の両親は、群馬《ぐんま》県の高崎《たかさき》に住んでいますが、中島由美が、東京で一人で生活するようになってからは、ほとんど会うこともなくなった。母親のほうは、そう

いって、嘆《なげ》いていました。それで、勤めている銀行から、無断欠勤が続いていると、連絡があっても、驚くばかりで、どうしていいかわからなかったようです」

「君は、この四人の中に、犯人がいると思っていたのかね？」

「思っていました。この四人以外に、犯人はいないだろうと、考えていたのですが、全員に、アリバイがあって、少しばかり、落胆しています」

「しかし、この四人のアリバイは、彦根城の観光ボランティアをやっている、女性の証言によるものだろう？　何といったかね、そのボランティアの女性は？」

「今泉明子、七十一歳です」

「こんなことをいうと、失礼になるかもしれないが、七十歳を過ぎた老人なら、証言にあやふやなところが、あるんじゃないのかね？　彼女の証言は、本当に、信用できるのかね？」

三上がきく。

「私も最初、その点を、心配しました。いくら元気に、ボランティアを、やっているといっても、七十一歳ですからね。しかし、今泉明子に会いに行った、三田村刑事と、北条早苗刑事の話をきく限りでは、この女性の証言は、信用できると思います。医者は、認知症の兆候は、全くないといっているようですし、今泉明子自身も、医者から、訓練次第で認知症を予防することが、できるといわれて、彦根城の、案内をしながら、いちいち、その日にあったことを、思い出して、メモしているそうです。ですから、記憶力のほうは、大丈夫ではないかと、思っています」

「そうか、七十一歳ね」

と、三上は、つぶやいてから、

「君も彦根に行って、この女性に、会ってみたらどうかね？　本当に、記憶力が、しっかりしているかどうかを、君自身の目で、確かめてくるんだ。何しろ、今回の殺人事件は、この女性の証言に、かかっているんだからね」

と、三上が、いった。

13

翌日、十津川は、亀井刑事を連れて、彦根に向かった。

「三田村刑事と、北条早苗刑事の話によると、今泉明子という女性は、観光ボランティアとして、毎日、観光客を、相手にして、彦根城を案内しているんだが、一期一会をモットーにしているそうだ」

十津川が、新幹線の中で、亀井に、いった。

「一期一会という言葉は、たしか、お茶の心得の中にある、言葉じゃありませんか？」

「ああ、そうだ。利休《りきゅう》の弟子が、いった言葉らしい」

と、十津川は、言葉を続けて、

「三田村刑事たちの話では、今泉明子も、お茶をやっているらしい。彦根城の城主だった、井伊直弼は一流の茶人で、一期一会がいちばん好きな言葉だったというから、彼女も、そのつもりで、観光客と接しているらしいね。つまり観光客を、案内する時、この人とは、一生に、一度しか会えないかもしれないと思って、心を込めて、案内している。そんな話を、三田村刑事からきいたんで、七十一歳だが、彼の証言は、信用してもいいと、思うようになったんだ」

米原で降りて、目的地の彦根までは、車で行った。

今日も、彦根城の周辺は、たくさんの、観光客で賑《にぎ》やかである。観光バスも何台か来ているし、例の、ひこにゃんと一緒に写真を撮っている子どもたちもいる。

今泉明子は、ちょうど、彦根城の中を案内している最中だったので、しばらく待ってから、十津川たちは、彼女に会うことができた。

自己紹介をした後、東京で亡くなった中島由美のことについて、お話を、ききたいというと、今泉明子は、急に、

「ここでは、何ですから、どこか、静かなところに行きましょう。そこに行ってから、お話しします」

と、いい、サッサと歩き出した。

十津川と亀井は、取りあえず、彼女の後についていった。

人の気配のない、お堀端《ほりばた》に来ると、今泉明子は、立ち止まり、十津川たちを振り返って、

「あの人は、女優さんです」

と、はっきりした口調で、いった。

十津川は、とっさに、意味がわからなくて、

「それは、誰のことを、いっているんですか?」

と、きき返した。

「私が、十一月六日に、彦根城を、ご案内した女性の方ですよ。あの方は、間違いなく女優さんです」

明子がくり返した。

今度は、誰のことを、いっているのかはっきりしたが、その言葉を、どう、受け取ったらいいのかわからなくて、

「大事なことですから、落ち着いたところで話しませんか?」

十津川が、いった。

お堀端といっても、そこは、全くの無人というわけではなくて、時々、観光客らしい人々が、通りかかるからである。

今泉明子が、二人の刑事を案内したのは、近くの、喫茶店だった。

十津川は、コーヒーを、亀井と今泉明子は、紅茶を頼んだ。

「この喫茶店に、十一月の六日に女性をご案内して、一緒に、お茶を飲んだんですよ。ここなら、落ち着いて、お話しできると思いましてね」

と、今泉明子が、いう。

「その時、彼女は、自分は、中島由美だと、自分の名前を、いったんですね？」

「ええ、今、三十歳だとか、東京の銀行に、勤めている、来年の秋に、結婚する予定の彼がいることも、話してくれましたよ」

「その時、前日の五日に、五人で来たのだが、途中で、急用を思い出して帰ってしまった。もう一度、彦根城を、ゆっくり見たかったので、一人でやって来た。彼女は、あなたに、そういったんですね？」

「ええ」

「その時、あなたは、何の疑いも持たずに、そのまま、彼女のいうことを、信じたわけですね？」

「ええ、もちろん。だって、彼女、別に、私に、ウソをつく必要なんてありませんものね」

と、明子が、いう。しっかりした、口調だった。

「確認したいのですが、その後、牛肉を貯蔵している冷凍倉庫の中で、若い女性の死体が発見されました。身元を証明するものを何も持っていなかったので、新聞やテレビなどのマスコミに頼んで、この事件のことを、報道してもらい、情報を求めたのですが、当初、その女性についての情報は、なかなか、集まりませんでした。そのうちに、あなたからの電話がありました。新聞の報道を見て、その死体となって発見された女性が、十一月六日に、あなたが、彦根城を、案内した女性だと、気がついたんですね？」

十津川は、いちいち、相手の顔を見て話した。

「新聞に載っていた似顔絵と、服装の特徴が、私が、十一月の六日に、ご案内した中島由美さんと全く同じでしたから、間違いないと思いました。ですから、すぐ警察に電話をしました」

「ちょっと待ってください」

十津川が、あわてて、相手を制して、

「失礼ですが、外でお会いした時は、眼鏡をかけていらっしゃいましたね。それが今は、外していらっしゃる」

「お城をご案内するときは、暗くて、階段なんかもあるんで、眼鏡をかけますけど、お仕事以外の時は外します。外すと楽なんですよ」

「それでは、十一月六日に、ここで中島由美さんに会っていた時も、眼鏡は外していたんですね？」

「ええ。もちろん」

明子は、ニッコリしているが、十津川のほうは、ますます、あわてて、

「失礼ですが、裸眼の視力はどのくらいですか？」

「〇・二ですけど」

「両眼ともですか？」

「ええ」

「お城を案内する時、お客の顔を見て案内するんですか？　それとも、飾られている甲冑《かっちゅう》や刀剣を見て説明されるんですか？」

「もちろん、甲冑や刀剣のほうを見て説明しています。間違えたら大変ですし、お客さまは、ちゃんと、きいていらっしゃいますから」

（参ったな）

と、十津川は、思った。七十一歳にしては、全く認知症の気《け》がないので、その証言は信用できると思っていたのだが、これで、視力に問題が出てしまった。別人が、中島由美と名乗っても、今泉明子には、写真や似顔絵によってそれを確認する力はないのではないのか。

「私の顔に、小さなホクロがあるんですが、わかり

ますか？」
試《ため》しに、十津川がきくと、明子は、眉を寄せて、
「ごめんなさい。そんな小さなものは、わかりませ
ん」
と、いった。十津川は、ますます、暗い気持ちに
なっていった。それでも、会話の続きの感じで、
「あなたはさっき、あの人は、女優さんだとおっし
ゃいましたよね？　それは、いったい、どういうこ
となんでしょうか？」
と、十津川が、きいた。
「どういうことかじゃなくて、あの人は、女優さん
ですよ。絶対に、間違いありません。私はそう思っ
たから、刑事さんに、いったんです」
「しかし、ここで彼女は、あなたに、自分は、銀行
に勤めているといったんでしょう？」
「ええ、ここでお茶を飲んだ時にそうおっしゃいま
した。だから、警察にも、中島由美さんは、東京
で、銀行に勤めていると、その通りに、お伝えしま
した」
「しかし、銀行員と女優とでは、違いますよ」
と、亀井が、いう。
「そんなこと、もちろん、私にだって、わかってい
ます。でも、あの人は間違いなく、女優さんです」
明子は、同じ言葉を、また繰り返した。

14

十津川は、自分を落ち着かせようと、コーヒーを
口に運んだ。
「これは、殺人事件の捜査ですから、間違うこと
は、絶対に、許されません。それで、もう一度、お
尋《たず》ねしますが、十一月五日に、男女五人で彦根城を
見に来たグループがあった。その五人を、あなた
が、案内したんですね？」

「ええ、そうです」

「その時、案内が終わって、出口まで来てから、一人いなくなっていた。そのことにあなたは、気づいたんですね？　それで、残ったメンバーに、そのことを、きいたのですね？」

「そうです。たしか、もう一人、女性の方がいらっしゃったはずなのに、どこに行かれたんですか？　トイレですか？　と、きいたんです」

「そうしたら？」

「そうしたら、四人が口を揃えて、私たちは、最初から、四人ですよって、おっしゃるんです。でも、私は、ちゃんと、五人いたことを知っていましたから、お先に、帰ったんですかときいたら、いきなり、おばあさんは、認知症なんじゃないかとか、ボケたんじゃないかとか、そんなことをいわれて、笑われてしまいました」

「その五人目の女性が、殺された、中島由美という、三十歳の女性なんですが、その女性が、翌日の六日に、一人でまた彦根にやって来て、あなたに、もう一度、彦根城の案内を頼んだんですね？　それで、間違いありませんか？」

「ええ、その通りです。その時に、彼女は、昨日は、急用ができたので、先に帰った。残った四人が、あなたに、おばあさんだから覚えていないんじゃないかとか、認知症になったんじゃないかとかいったのは、冗談でいったので、気にしないでください。みんなには、私から怒っておきますと、いわれました」

「十一月の五日に五人で来た時ですが、その中に、中島由美さんが、いたことを、覚えていますか？　彼女の顔とか、服装とかを」

「彦根城の博物館を、ご案内して、あまり時間が、経《た》っていない時に、いなくなってしまわれたようなんですよ。ですから、顔は、はっきりとは、覚えていませんけど、服装のほうは、ぼんやりとですけど、覚えていました。白い帽子をかぶって、白いハーフコートを、着ていました。わりと目立った格好でしたから、覚えていたのです。翌日の六日に、全く同じ格好をしてこられたんで、ああ昨日の、と思いました。それから、彼女が、昨日のことを、謝《あやま》ったりしてくれたので、別に、悪い気は、しませんでした。その後、この喫茶店で、中島由美という名前だと教えてくれて、お茶を飲みながら、いろいろとお話をしました。東京の銀行に勤めているとか、昨日のほかの四人は、大学の同窓生だったり、後輩だったりするとか、それから、来年の秋に結婚する予定になっているということも、その時に、話してくださいましたよ。その後で、あの新聞記事を、読んだので、慌《あわ》てて電話をしたのです。そうしたら、警視庁から、二人の刑事さんが、こちらに見えて、もう一度、詳しいお話をしました」

と、明子が、いった。

「そこまでは、よくわかりました」

と、十津川は、いってから、

「わからないのは、今日、お会いするなり、あなたがいきなり、あの人は、女優さんだといわれたことですよ。あれはどういう意味なんですか？　東京の銀行に勤めていると、教えられたのでしょう？　それなのに、今日は、どうして、あの人は女優さんだとおっしゃるんですか？」

「よく考えてみたら、あの人は、女優さんだから、女優さんだと、私は、そういいました」

「ここで、話している時に、女優だと気付いたんですか？」

「ええ」

「その時は、今と同じで、眼鏡は外していた？」

「ええ」

「さっきは、私の顔のホクロは、見えないと、おっしゃった？」

「ええ。そんな小さなものは、見えません」

「それでよく、相手が女優とわかりましたね？」

「わかったんです」

と、明子が、繰り返す。なぜわかったのかいわないので、十津川は、やはり疑心暗鬼《ぎしんあんき》で、

「実は、中島由美さんを交えた五人の仲間で、十一月五日に彦根城に、来たんですが、その中に一人、本物の、女優がいるんです。河野みどりという名前なんですが、まだその他大勢の、無名に近い、女優さんです。この人は、殺された、中島由美さんと、大学が同窓です。今泉さんは、この河野みどりさんという女優さんをご存じですか？」

「いいえ」

「お知り合いの中に、女優さんが、いらっしゃいますか？」

と、亀井が、きいた。

「いいえ」

と、今泉明子が、あっさりと否定する。

「女優さんとのお付き合いは、ないんですね？」

「ええ、付き合いといったようなものはございません」

「あなたの好きな女優さんは、いますか？」

「いいえ、特には、おりません。でも、今年の春頃、彦根城を、舞台にしたテレビドラマの撮影が、お城で、行なわれたんです。彦根城のお殿様、井伊直弼さんを、主人公にした二時間のドラマでした。俳優さんもスタッフの方も、たくさん、こちらに、いらっしゃって、撮影が行なわれたんですけど、撮影の合間に、テントの中で、お休みしている時、私たちボランティアの人間が、お茶をお運びしたり、ちょっとした、お話し相手をしたりもしました。その時の女優さんのことは覚えているんです」

「その中に、河野みどりという、女優がいたんじゃ

ないでしょうね？」

「そういう方は、いませんでしたけど、女優さんというのは、ああ、こういうことを、するのかと勉強になりました。それを忘れていたんですけど、ここに来て、急に、思い出したんです。ですから、十一月六日に一人で、いらっしゃって、私が、彦根城を、ご案内したり、この喫茶店で一緒に、お茶を飲みながらお話しした方は、間違いなく、女優さんです」

明子の言葉は、自信にあふれている。

「どうして、あなたは、そう、思ったんですか？」

「だって、クセが、同じだったんですよ」

「クセ？　あなたが、女優だと思ったクセというのは、どんなものでしたか？」

十津川は、少しだが、明子の言葉に関心を持ち直していた。

「今お話しした、今年の春のロケですけど、テントの中で、お休みになっていらっしゃる時、女優さんって、私と話している時でも、時々、ちらっと、小さな手鏡を、取り出して、自分の顔を見ているのです。普通の人なら、そんなことは絶対にしないでしょう？」

「では、十一月の六日に、一人でやって来て、中島由美だと、名乗った女性も、同じことをしたんですか？」

「ええ、そうです。この喫茶店に来て、お話をしている最中にも、ちらっと、一回ほどですけど、小さな手鏡を、取り出して、自分の顔を、見ていらっしゃったんです。銀行に勤めているOLさんなら、そんなことはしないと、思うんですよ。ですからあの人は、間違いなく、女優さんです」

と、また、きっぱりとした口調で、今泉明子が、いった。

15

十津川は、迷った。目の前にいる今泉明子の言葉を信じていいものかどうかをである。何しろ、裸眼が、両方とも、〇・二なのだ。

「あなたは、認知症にならないように、毎日のように、自己流の訓練をしているそうですね？　例えば、その日に会った人の特徴を、ノートにメモしたりして」

「ええ、毎日、訓練しています」

「今年の春に、彦根城で、テレビドラマの撮影があった。テントの中で休んでいる俳優さんたちに、お茶の接待をした。俳優と会話もした。その日のことも、きちんと、いつものように、訓練して書き留めていたんですか？」

「ええ、もちろん、俳優さんの名前もクセも、それから、お話ししたような内容も、全部メモしておきました。そのことを思い出して、手帳を、取り出してみてみたら、ちゃんと書いてあったので、私は、まだ認知症じゃないと思って、安心しました」

そういって、明子は、ニッコリした。

「今、あなたは、大変大事なことを証言されました。そのことは、おわかりですね？」

「ええ、わかりますよ」

「念のために、説明しますが、今回の事件で殺されたのは、中島由美という三十歳の女性で、銀行に勤めていました。容疑者は、彼女と付き合いのある、二人の女性と、二人の男性ということになりました。先日、あなたから電話があり、こちらを、二人の刑事が訪ねて、あなたの証言を、ききました。その時あなたは、こう証言された。十一月六日に、中島由美という女性が、一人で、やって来たので、自分が彦根城を案内した。その後、この店に来て、いろいろと話をした。その時に、女性は、中島由美と名乗り、三十歳で、銀行に勤めていて、来年の秋に結婚する予定があるといった。いいですか、だとすると、十一月六日には、中島由美は、まだ、生きていたことになるんですよ。ところが、今、あなたは、あれは、女優さんだったといった。もし、その証言が正しいとすると、十一月六日に、ここに来たのは、中島由美を、名乗ってはいるが、本人ではなくて、中島由美に化けた女優の、河野みどりということになってくるんです。それも、わかりますね？」

「ええ、もちろん、わかります。ですから、今日は、本当のことを、申し上げたんです。あれは、女優さんです」

　と、明子が、繰り返した。

「今、われわれに話したことを、誰かに、話しましたか？」

「いいえ、誰にも話していません」

「では、今度の事件が解決するまで、このことは、誰にもいわないでおいてください。もし、誰かに話してしまうと、あなたが、危険な目に遭《あ》うかもしれませんから」

　十津川は、念を押した。

　そのあとで、まだ、不安なので、小さな実験をした。

　十津川は、内ポケットから、名刺入れを取り出した。それを、わざと、少し離れた場所から、明子に見せた。

「これが見えますか？」

「もちろん、見えますよ」

「何だかわかりますか？」

「たぶん――名刺入れでしょう？　違います？」

「色もわかりますか？」

「茶色。ちょっと、汚い茶色」

「オーケイです。あなたに賭《か》けますよ」
と、十津川は、いった。

16

十津川と亀井は、東京に戻ると、すぐ捜査会議を、開いてもらった。

十津川が、三上本部長に、事件について、自分の考えを、説明した。

「今まで、殺された中島由美が、十一月六日まで、生きていたと、考えていました。ところが、今回の今泉明子の証言によって、十一月六日に、彼女が会っていたのは、中島由美ではなくて、河野みどりだった可能性が、大きくなってきました。つまり、中島由美は、十一月六日には、すでに、殺されていた可能性が出てきました。そこで、彼女が、来年の秋に結婚することになっていた近藤正志、三十二歳の容疑が濃くなってきたのでいろいろと調べてみました。一応、中島由美と近藤正志とは、来年の秋には、結婚する予定になっていたようですが、最近になって、二人の関係が、どうやら、うまく、いかなくなっていたらしいという証言を、手に入れました。何でも、近藤正志には、かなりの借金があり、銀行勤めの中島由美が、その、保証人になっていました。ところが、返せない。それで彼女は、ヘタをすると、銀行を辞《や》めなくては、ならなくなるかもしれないということで、彼女は、そのことを、怒っていたようなのです。また、近藤正志は、女優の河野みどりと、関係があったという証言もあります。どうやら、近藤正志という男は金にも女にもだらしがないようです。十一月五日に、五人で彦根に行った時も、彦根城を案内されながら、近藤正志と中島由美が、ロゲンカをしていたという証言も、ありますが、これもおそらく、二人の仲が、破局に近づいていたことの、表われかもしれません。これから先は、私の勝手な想像になりますが、近藤正志は、中島由美を、先に帰らせて、その後、借金の一部を、返すからとでもいって、彼女をどこかに待たせておいたのではないでしょうか？　そして、あとから追いつき彼女を殺しました。その日のうちに、東京まで車で、運び、例の冷凍倉庫の中に、押し込んだのではないかと、推測されます。それでは、近藤正志の、アリバイはなくなってしまいます。彼がアメリカに行ったのは、六日の朝、成田発、十時三十分の飛行機ですから、それまで中島由美は生きている必要があります。そこで、六日に、女優の河野みどりが、中島由美と全く同じ服装をして、観光ボランティアの、今泉明子に、会いに、出かけたわけです。昨日は、早く帰らなければならなくなったので、もう一度、彦根城を案内してもらいたいと、いったそうです。その後、近くの喫茶店に行き、コーヒーとケーキを頼んで、少しばかり、おしゃべりを、しました。その時に、中島由美だと名乗り、三十歳で、東京の銀行に勤めている。来年の秋に、結婚する予定になっていると話して、今泉明子を、信用させたのです。今泉明子は、その話を信用しました。その時眼鏡を外していて、女の顔はぼんやりとしか見えていなかったからです。さらに三田村刑事と北条早苗刑事に対して、その通りのことを、証言しました。われわれもまた、その、証言を信じたので、近藤正志や、河野みどりには、アリバイがあると思い込んで、しまいました。容疑者たちは、十一月六日の、アリバイさえあれば、自分たちが、逮捕されることはないと、確信していたのです」

「今の君の話が、正しいとしても、小さな問題が出てくるよ。例えば、その一つが、死体が隠されていた、月島の牛肉の冷凍倉庫だよ。容疑者たちは、はたして、冷凍倉庫が、月島にあり、どんな、構造になっているのかを、どうして、知っていたんだろうか？　もし、知らなければ、容疑者の近藤正志が、そんな、牛肉の冷凍倉庫、マイナス三十度の、温度に保たれている、そんな冷凍倉庫に、死体を、隠すことなんて、思いつかないだろう？」

三上が疑問を、口にする。

「その件について、今、西本《にしもと》刑事と日下《くさか》刑事の二人が調べています」

と、十津川が、いった。

捜査会議が、終わるまでに、調べに行っていた二人の刑事が帰ってきて、会議で、その結果を報告した。

西本刑事が、証言する。

「問題の、牛肉の冷凍倉庫と、近藤正志との間に関係があることが、わかりました。あの冷凍倉庫を、持っている牛肉の卸業者は、二年前に、あの場所に、冷凍倉庫を、造りましたが、その用地の売買は、近藤正志が、勤務しているＲＫ不動産が斡旋《あっせん》したものでした。その売買に立ち会ったのは、当時営業課長だった近藤正志でしたから、あそこに冷凍倉庫があることも、もちろん、知っていましたし、倉庫の説明も、きいていたと思います」

十津川は、その報告をきいて、近藤正志と、河野みどりの二人に、殺人及びその幇助《ほうじょ》と死体遺棄《いき》の容疑で、ただちに、逮捕状を請求したいと、いった。

それに対して、三上本部長は、

「それは、構わないが、後で、厄介《やっかい》なことになるぞ」

と、いう。

「それは、わかっています」

と、十津川が、いった。

逮捕状が下りて、二人を逮捕し、起訴することができた。

（ここまでは、うまくいったが、問題は、裁判にな

ってからだな)

十津川は、そう思い、覚悟していた。

訊問《じんもん》では案《あん》の定《じょう》、近藤正志も河野みどりも、中島由美殺しを頑《かたく》なに否定し、認めようとしなかった。

自供しないままの起訴である。そして、近藤正志と、河野みどりの犯行を証明できるのは、今泉明子の証言だけなのである。

その今泉明子は、七十一歳である。当然、弁護人が、今泉明子の、証言能力を問題にしてくることは、眼に見えていた。

三上本部長が、厄介な問題が、起きるかもしれないといっていたのも、このことに、違いなかった。

問題の裁判の日、十津川と亀井は、傍聴席にいた。

今泉明子は、すでに、証人席についていた。いつもなら、傍聴席には、ほとんどいないのに、今日は、新聞記者が数人、顔を見せていた。おそらく、弁護人が、呼んだのだろう。

今日、弁護人が、証人、今泉明子の、記憶力と視力を試すつもりであることは明らかだった。

もし、今泉明子の証言に、信頼が置けないとなったら、近藤正志と河野みどりは、証拠不十分で、無罪になる可能性が出てきて、十津川たちには誤認逮捕の汚点がつくだろう。

それを期待して、新聞記者たちが、傍聴席に詰めかけてきているのだろう。

弁護人が、証人席の今泉明子に向かって、簡単な訊問をする。

「姓名をいってください」

「今泉明子です」

「今、お仕事は、何をしていらっしゃるんですか?」

「ボランティアで、彦根城の、案内をしています」

「おいくつでしょうか？」

「七十一歳です」

「あなたの証言によって、現在、被告人席にいる、近藤正志と河野みどりの二人が、殺人の主犯と、共犯ということで、起訴されていることは知っていますね？」

「知っています」

「自分の記憶力と視力に、不安を感じたことはありませんか？」

「いいえ、ありません」

「それでは、これから、あなたの記憶力と視力を試したいと思いますが、構いませんか？」

「構いません」

「これから、ここに、五人の女性に、来てもらいます。その中に一人だけ、女優さんがいます。誰が女優さんなのか、それを、当ててください。いいですね？」


弁護人が、いい、五人の若い女性が、法廷に、入ってきた。

いずれも、同年齢ぐらいで、身長も体重も、ほとんど、似通《にかよ》っている。

その五人を見て、十津川は、不安になってきた。

今泉明子は、河野みどりに、会っているうちに、彼女が、しきりに、小さな手鏡を覗《のぞ》き込んでいるのを見て、彼女が女優だと気がついたと、いっていた。

しかし、今、法廷に入ってきた五人の女性に対して、弁護人は、怪しまれるような挙動は、絶対に取らないようにと、強くいっているはずである。そうなると、はたして、今泉明子は、五人の中で、いったい誰が、女優なのかを、当てることができるだろうか？

「じっくりと見て、よく、考えてから、この五人のうちの誰が、女優さんかを当ててください」

弁護人が、意地悪そうな口調で、いった。

今泉明子は、眼鏡を取り出して、それをかけようとすると、弁護人が、手を振った。

「あなたは、喫茶店で女性と向かい合って話している時に、相手を女優だと、断定したんですよ。その時、あなたは、眼鏡をかけていなかった。だから、ここでも、かけてはいけません」

「しかし、あの時は、彼女は、もっと近くにいましたよ」

「どのくらいの距離ですか？」

「一・五メートルから、二メートルです」

「じゃあ、今回も、それに合わせましょう」

弁護人は、巻尺を持ち出し、一・五メートルを正確に測って、その位置まで、五人の女性を並べ直した。

「さあ、あなたに有利なように、一・五メートルにしましたよ。誰が女優かいってください」

と弁護人は、いった。

五人の女性は、相変わらず無表情で、どんな小さな動きも見せない。

これで、はたして、今泉明子に、どの女性が、女優なのかわかるのだろうか？

「さあ、どうぞ」

弁護人が、意地悪く、せかせる。

緊張した空気が、法廷を、支配する。

明子が、ゆっくりと、口を開いた。

「私のほうから見て、いちばん、右端の方ですね。彼女が、女優さんです」

自信を持った口調だった。

その言葉に合わせるように、右端の女性が、裁判長に向かって、いった。

「当てられてしまいました。私が、女優です。女優の、浅川祐希《あさかわゆうき》です」

途端に、傍聴席にいた、新聞記者たちが、ドッと、飛び出していった。

17

結局、公判は、検事側の一方的な勝利に、終わった。

裁判長が、近藤正志と、河野みどりの二人に対して中島由美殺しに関して、有罪の判決を下した。

近藤正志は、中島由美殺しの主犯として、懲役十五年、河野みどりは、中島由美殺しの共犯として、懲役七年が、裁判長によって宣告された。

二人は、刑務所に送られる直前になって、中島由美殺しを、自供したと、十津川は、知らされた。

自供内容は、十津川が、だいたい想像していた通りのものだった。

近藤正志の自供。

「中島由美と、来年の秋に、結婚することになっていたのは事実です。ただ、中島由美を、たびたび怒らせたように、金銭と女にルーズだった。特に、金銭のほうは、中島由美が、働いているM銀行に口座を持っていたが、中島由美に協力させて、一千万円の借金をした」

不動産会社の営業部長でしかない近藤正志が、一千万円もの大金を、借りることができたのは、銀行で、働いている中島由美のおかげだった。

その一千万円で、近藤は日頃から欲しかったポルシェ911Sの中古車を買った。得意になって、ポルシェ911Sを運転し、時には、中島由美を乗せたりしていたのだが、銀行への返済が苦しくなった。

中島由美は、近藤正志を助けて、銀行から、一千万円の金を、融資させたのだが、それが返せないとなると、今度は、自分の責任になってしまう。

当然、由美は、近藤に、返済を強く迫った。由美は、顔を合わすたびに、返済をしてくれるようにいう。時には罵声《ばせい》を浴びせた。

そうなると、近藤も面白くなくなってくる。

その結果、近藤は、女優をしている河野みどりのほうに、気持ちが、傾いていった。由美は敏感に、それを感じとって、ケンカになる。

次第に、近藤には、中島由美という存在が面倒臭くなってきた。そんな時に友人の小杉勝が、タイに、赴任することになったといって、その小杉勝を囲んで、仲のいい友だちが、集まることになった。

会うことになったのは、前から、親しかった五人である。

中島由美

近藤正志

河野みどり

岩本恵

そして、小杉勝

の五人である。

その時、小杉が、タイに行く前に、彦根城をもう一度見たいというので、五人で、十一月五日に彦根城を、見に行った。

その時ボランティアに、案内をしてもらっている途中に、中島由美と、近藤正志が、口ゲンカを始めた。

中島由美は、近藤正志に対して、今月中に、一千万円を、返してもらえなければ、銀行に訴えられると、いった。

その時に、近藤は、中島由美に対する殺意が生まれたと、いう。

そこで、近藤は、今日百万ばかりの現金を、用意したので、後でそれを渡したい。だから、先に、ここから出て、待っていてくれといった。

そうして中島由美を先に、彦根城の観光から、指定した場所に向かわせた。

近藤は、この時も、自慢のポルシェ911Sに、乗ってきていた。中島由美には、駐車場に駐《と》めたポルシェ911Sに乗って、待っていてくれるようにと、いった。

このあと近藤正志は、駐車場に行き、人の気配がないのを見はからって、車の中で由美を殺し、東京に向かってポルシェを走らせた。

東京に着いた時には、すでに夜になっていた。

近藤は、前から知っていた、月島の冷凍倉庫に行き、盗んでいた暗証番号で、扉を開けると、死んでいる中島由美を、マイナス三十度の冷凍倉庫の中に、押し込んで、扉を閉めた。冷凍庫の中なら死亡時刻をごまかせられると考えたのだ。

その後、河野みどりに、電話を掛け、彼女の東京の、マンションで会った。彼女は、新幹線で帰っていた。

中島由美を、殺したことを打ち明け、何とかして、自分を、助けてくれないかと、みどりに、頼んだ。

河野みどりは、由美が六日にも生きていることにすればいいと考え、中島由美と、同じ服装をして、翌日の六日に、もう一度、彦根に行った。

背格好も、中島由美に似ている、河野みどりは、化粧で、中島由美に、似せ、彼女になりきって、ボランティアで、彦根城の案内をしている今泉明子に、会った。彼女をアリバイの証人にしようと考えたのだ。

昨日は、急用ができたので、先に帰ってしまったが、もう一度、彦根城をゆっくり見たかったので、戻ってきたと、訴えると、今泉明子は喜んで、みどり一人のために、彦根城を案内してくれた。

そこで、みどりは、昨日のお詫びに、近くの喫茶店でコーヒーを飲み、ケーキを食べながら、自分は中島由美という名前であること、銀行員であることなども今泉明子に伝えて、東京に戻った。

その日の朝、近藤は、アメリカに出かけたから、これで、アリバイは完全になったと、みどりは思った。

近藤正志にも河野みどりにも、全てが、うまくいくように見えた。

今泉明子の証言で、アリバイは、証明されたし、警察も、今泉明子の証言を信用したように見えた。

ところが、突然、今泉明子が、十一月六日に会ったのは、女優だと、いい出した。女優というと、関係者の中に、河野みどりしかいない。

今泉明子の、七十一歳にしては、しっかりした記憶力、それを、利用して、近藤正志のアリバイを、作ったのだが、今度は、警察が、今泉明子の証言を信用して、近藤正志と河野みどりを、中島由美殺しの容疑で逮捕してしまったのである。

「今になってみると、今泉明子の、記憶力、判断力を、信用して、アリバイを作ったのが失敗でした」

近藤正志も、河野みどりも陳述書に、そう記入した。

「これで、やっと、この事件も終わりになりましたね」

と亀井が、いった。

それに対して、十津川は、

「たしかに、終わったんだが、まだ一つ、解けない謎がある」

「わかりますよ。法廷での、今泉明子の証言でしょう？　弁護人が、法廷に若い女性を五人並べて、この中の誰が女優か、当ててみてくださいといった時、今泉明子は、簡単に女優を、当ててしまいました。警部には、そのことが不思議なんじゃありませんか？」

「そうなんだよ。どうして当てることができたのか、今でも、わからない。中島由美に化けた、河野みどりが、今泉明子のことを、利用しようとして会ったが、今泉明子のほうは、彼女が、中島由美ではなくて、女優だと見破った。なぜ、女優だとわかったのかと、私が、きいたら、今泉明子は、普通の女性なら、話をしていて、ちらちらと、手鏡を見たりはしない。それを相手が二回もしたのは彼女が女優だからだといった。たしかに、理屈は、合っているんだ。しかし、今回の法廷では、五人の誰も、手鏡を、見たりはしていなかった。それなのに、どうして、いちばん、右端の女性が女優だとわかったのか、不思議で仕方がない」

「どうします？　今泉明子に、電話で、きいてみますか？」

「いや、次の非番の時に、一緒に、今泉明子に会いに行き、できれば、彦根城の中を、案内してもらおうじゃないか？」

18

一週間後に、非番を利用して、十津川と亀井は、彦根に、向かった。

この日も、今泉明子は、ボランティアで、彦根城の観光案内を、していた。

二人は、彼女に彦根城内を案内してもらいながら、

「一つ、どうしても、おききしたいことがあるんですがね」

と、十津川が、いった。

明子が、ニッコリする。

「警部さんが、おききになりたいのは、法廷でのことでしょう？　どうして、私が、あの五人の中から、女優さんを、当てることができたのかということでしょう？」

「そうですよ」

「あれは、幸運でした」

「幸運というと？」

「前に、刑事さんに、お話ししたじゃありませんか？　この彦根城を舞台にして、井伊直弼のテレビドラマの撮影があったって。その時に、私たちは、俳優さんたちや、スタッフの方たちに、お茶をお出ししたり、お話をしたりしました。その時、腰元役の、女優さんが何人か、いました。彼女たちとは、ゆっくりお話をする機会は、なかったんですけど、その中の一人が気に入ったので、短時間でしたけど、お話を、しました。先日、法廷で会った五人の中の一人が、その女優さんだったんですよ。あの時は、その幸運に、感謝しました」

「そうすると、単なる偶然で、あなたのしっかりした記憶力とは、全く、関係がないんですか？」

「そんなことは、ありませんよ。私が、この彦根城を舞台にしたテレビドラマの撮影のことを、しっかりと覚えていなかったり、認知症になっていたりしたら、先日の法廷で、誰が女優さんか答えられませんでしたよ。だから、幸運といえば、幸運でしたけど、別のいい方をすれば、私の記憶力が、しっかりしていたから、助かったんです。だから、二重に嬉しかったんですよ」

と、今泉明子が、いった。

絵の中の殺人

初出＝「小説現代」一九九七年四月号
収録書籍＝『十津川警部　白浜へ飛ぶ』講談社文庫　二〇〇一年

1

十津川は、一枚の絵を買った。

前々から、気になっていた絵である。新宿のNデパートの絵具やカンバスを売っているコーナーに、たぶん、委託《いたく》販売なのだろう、何点かの新人の絵が、飾ってあった。高くても、せいぜい十万円くらいで、安いものは、額縁代にもならない安さだった。

新人というよりも、無名といったほうがいいのかもしれない。

十津川は、そうした無名の画家の絵を見るのが、好きだった。彼が見ても、稚拙《ちせつ》なものもある。が、一様に、一生懸命さが、伝わってくる。そこに感動するのだ。

一週間前、その、馴染《なじ》みのコーナーに行ったとき、新しく、一枚の絵に、引きつけられた。

水彩画で、さくら並木が描かれているのだが、十津川が、気になったのは、そのさくらの樹の根元に、人間が一人、横たわっていることだった。

絵の題名は、「死体のある風景」となっているから、横たわっているのは、死体なのだろう。

若い女の死体だった。死体に、さくらの花びらが、落ちている。黒いスカート、白いセーターに、ピンクの花びらが、美しく、映《は》えている。

決して、上手《うま》い絵ではないのだが、妙に、訴えるものがあるのは、華《はな》やかなさくらの下の死体というコントラストのせいだろう。

（花の下にて、春死なん——か）

と、十津川は、その絵を見ながら呟《つぶや》いたのを覚えている。

絵には、その画家の名前を書いたカードがついていて、問題の絵には、「白石　清」とあった。

十津川は、絵を包んでもらいながら、

「この白石清《しらいしきよし》という人は、どういう人なの？」

と、売場の男の店員に、きいてみた。

「この人は、もう死にましたよ」

と、店員は、あっさりと、いった。

「死んでるの」

「ええ。亡くなってから、家族の人が、うちへ持ち込んだんですよ」

「どこの人かな？」

「東京、調布《ちょうふ》の人で、この絵は、M寺の境内《けいだい》のさくらを描いたものだと、家族の方は、おっしゃってましたね」

「M寺のさくらか」

十津川は、一度だけだが、その寺に行ったことがあった。郊外の静かな寺という印象がある。さくらの印象がないのは、秋に行ったからだろう。

「家族の人は、今でも、調布に住んでいるんですか？」

「そうですよ。絵は、委託販売だから、手数料を差引いて、家族の人に、渡します」

と、店員は、いった。

十津川は、その家族の住所と電話番号をきいたあと、絵を持って、帰宅した。

夕食のあと、包みをほどいて、絵を取り出し、十津川は、しばらく、眺めた。

妻の直子《なおこ》が、一緒に見て、

「死体のある風景なんて、変わった絵ね」

「そこが、引っかかってね。つい、買ってしまったんだ」

「変わった絵だからってこと？」

「これが、全く、空想の産物なんだろうかということが、気になってね」

と、十津川は、いった。

直子は、笑って、

「空想に決まってるじゃないの。美しいさくらの花の下に、横たわっている死体なんて、いかにも、美しさの中の残酷という感じで、芸術家の発想だわ」

「しかしねえ。それなら、全体を、幻想的に描くんじゃないのかね？　さくらの樹も、その向こうに見える本堂の姿も、すごくリアルに描かれているんだ。そこが、引っかかってね。明日、彼の家族に会って、この絵が描かれた事情を、きいて来て欲しいんだよ」

「私が？」

「ああ。私は、仕事があるから、個人的な興味で、時間をさくわけにはいかないんだ」

「事情をきくだけでいいの？」

と、直子が、きく。

「この画家の人柄も、きいてきて欲しいな」

と、十津川は、いった。

2

翌日、十津川が、帰宅すると、直子が、

「調べてきたわよ」

と、いった。

「それで、どうだった？」

「まず、現場の写真を見て。ポラロイドで、撮《と》ってきたの」

と、直子は、二枚の写真を見せた。

絵と同じ構図で、撮ったものだった。さくらの樹の配置も、その向こうに見えるM寺の本堂の形も、絵と、全く同じだった。

「そっくりだね」

「ええ。白石さんという人は、土に、風景を描いていた人で、二点ばかり、譲《ゆず》ってもらってきました」

直子は、その二点の絵を、並べて見せた。どちらも水彩で、一つは、皇居の堀端の写生、もう一枚は、深大寺《じんだいじ》近くのそば店のスケッチだった。どちらも、几帳面《きちょうめん》に、写生されている。そば店の看板も、忠実に描き込まれていて、そんなところに、白石という無名の画家の生真面目《きまじめ》さが、示されている感じだった。

「それで、あの絵のことは、家族は、どういってるんだ？」

と、十津川は、きいた。

「今年の四月中旬に、白石さんは、奥さんに、M寺のさくらを描きに行ってくるといって、朝出かけたんですって。昼頃に戻ってきて、ひどく腹を立てていたといっていたわ」

「理由は？」

「警察は、何を考えてるんだって、しきりに、警察の悪口をいっていたそうよ」

「なぜ、そんなに、腹を立てていたんだろう？」

「奥さんは、理由をきいたんだけど、白石さんは、黙っていたということだわ。もともと、口数が少ないご主人で、奥さんは、深く、聞かなかったんですって」

「それで、あの絵は？」

「それから、ひと月くらいたって、白石さんは、交通事故で亡くなったんだけど、奥さんが、二階の書斎を調べたら、あの絵が、見つかったんですって。奥さんは、絵を、大事にしまっておくつもりだったんですけど、中学生の息子さんが、小遣い欲しさに、Nデパートに持って行ったらしいの」

と、直子は、いった。

「白石清という人は、どんな人なのかな？」

「亡くなった時が、四十二歳。K工業のサラリーマンだけど、若い時から、絵を描いていたっていうわ。水彩が多い、いわゆる日曜画家なのかな。だから、M寺に写生に行ったのも、日曜日の早朝だったらしいわ」

「M寺というのは、参拝者が多いのかね？」

「いいえ。あまり、参拝者はいないみたい」

「しかし、さくらを見に来る人はいるんじゃないのかね？」

「でも、別に、さくらの名所というわけじゃないし、四月半ばの、散りかけた時だから、人は、少なかったと思うわ」

「交通事故で、亡くなったといったね？」

「ええ。五月十五日に、車にはねられて、亡くなったんですって」

「犯人は、捕まったのか？」

「ええ。五日後に、捕まったといってたわ。トラックの運転手で、はねたのはわかっていたが、怖くて逃げたと、いっていたらしいわ」

「そうか。捕まったのか」

「夜、自転車に乗って、近くのコンビニへ缶ビールを買いに行って、その帰りに、はねられたと、奥さんは、いっていたわ」

「四月中旬の日曜日というと――？」

「四月二十日」

「よく覚えてるね」

「さっき、今年のカレンダーを見て、調べておいたの。あなたが、どうせ、知りたいだろうと思ってね」

と、直子は、いった。

十津川は、次の日、出勤する途中で、調布警察署に、寄った。

刑事課長の浅井《あさい》に会って、四月二十日のことを、きいてみた。

「ひょっとして、白石清という人が、ここへ、来たんじゃないかと思うんですが」

と十津川が、いうと、浅井は、苦笑して、

「ああ、あの絵描きさんのことですか」

「やはり、来たんですね？」

「ええ。朝早くでしたよ。そこのM寺の境内のさくらの下で、若い女性が死んでいるっていうんです。それで、刑事を二人、行かせましたが、人間の死体どころか、猫の死体もありませんでした」

「しかし、白石さんは、死体はあったといっているんでしょう？」

「ええ。いい張っていましたねえ。しかし、現実に、ないんだから、仕方がありません」

「M寺の近くで、行方不明者がいないかどうか、怪《け》我《が》した女性がいないかどうか、調べましたか？」

と、十津川は、きいた。

「ええ。あまりにも、しつこくいうもんで、念のために、行方不明者の調査や、当日、怪我をして、近くの病院に入院した者がいないかの調べもやりましたが、いずれも、見つかりませんでした」

「その後、ひと月くらいたって、彼は、交通事故で死んでいますね」

「そうです。五月十五日の夜だったと思います。自転車に乗っていて、トラックに、はねられたわけで、犯人は、逮捕しました」

「犯人はどんな人間ですか？」

と、十津川は、きいた。

「三十代の男で、自分で、運送業をやっている、といっても、トラックが三台だけで、二人の社員をやとって、やっている人間です」

「独身の男？」

「ええ。独身です」

「はねられた白石清さんとの関係は？」

と、十津川が、きくと、浅井は、眉を寄せて、

「事故に見せかけて、殺したんじゃないかということですか？」

「可能性としては、ゼロじゃないと思うんですが」

「関係はありません」

と、浅井は、断定した。

それを、違うのではないかとはいえず、十津川は、

「そうですか」

とだけ、いった。

十津川は、M寺の境内に行って、調べたという二人の刑事にも会って、話をきいた。

「現場に着いたのは、午前七時頃だったと思います」

と、一人が、いった。

「その時、白石清さんも、一緒に、現場に行ったわけだね?」

「ええ。彼に、案内してもらいましたから」

「ところが、現場には、死体は、なかったんですね?」

「ええ。ありません。だから、酔っ払って、さくらの樹の下に寝ていたのが、目をさまして、歩き去ったんじゃないかと、白石さんに、いったんですがねえ」

「違うといった?」

「ええ。絶対に、死んでいたと、いい張りましてねえ」

「現場に、死体があったという痕跡《こんせき》はなかったのかね? 例えば、血痕があったとか」

「ありませんでした。もっとも、白石さんの話では、その死体は、首を絞められているようだったといっていますから、血痕がなくても不思議ではないんですが」

「白石さんは、その間、どんな態度だったのかね?嘘《うそ》をついているように、見えたかね?」

と、十津川は、きいた。

二人の刑事は、顔を見合わせていたが、

「あの男は、変わり者です」

と、一人が、吐き捨てるように、いった。

「変わり者というのは？」

「あんまり、うるさくいうんで、刑事課長の指示で、白石清の言葉に、どれほどの信憑性《しんぴょうせい》があるのか、調べてみたんです。彼の会社での評判や、近所の噂《うわさ》なんかを、集めてみました。その結論が、変わり者ということなんです。近所の人の話では、気が向くとあいさつするが、機嫌が悪いと、こっちが頭を下げても、そっぽを向いているそうです」

「しかし、変わり者だからといって、嘘をついているとは、断定できないだろう」

と、十津川が、いうと、もう一人の刑事が、

「会社で、こんなことがあったそうです。上役の部長が、評判の悪い男で、部下から、嫌がられていた。その部長について、白石が、電車の中で、女子高生に対して、痴漢行為をしたのを目撃したと、主張しましてね。部長は、否定したんですが、とうとう、それが原因で、地方に、左遷《させん》されてしまったそうです。ところが、白石が、部長の痴漢行為を見たというのは――」

「嘘だった？」

「そうなんです。そのことについて、白石は、平然と、正義のためなら、嘘は、許されるといったということです。その部長が、みんなの鼻つまみものだったので、白石の嘘は、問題にならなかったようですが、彼が、平気で、嘘をつく男だということは、これで、わかると思うのです」

「だから、四月二十日の件も、白石清さんは、嘘をついていると思うわけか？」

「そうです」

「しかし、なぜ、嘘をついたりしたのかね？」

と、十津川は、きいた。

「わかりません。とにかく、変人のようですから」

と、刑事は、それが結論のように、いった。

3

十津川は、それでも、なお、納得できなかった。

彼は、亀井刑事に、この話を、きかせた。

「カメさんは、どう思う？」

「警部は、本当の話だと、思っておられるんですか？」

と、亀井が、きく。

「事実なら、見逃せないと思ってね。四月二十日の朝、白石清は、早朝のM寺の境内、さくらの樹の下で、若い女の死体を見つけて、調布署に、知らせた。ところが、その間に、犯人が死体を、隠してしまった。その疑いがあると思っているんだよ」

「わかります。その可能性が、私も、あると思いま す」

「そうだとすると、殺人事件を、見逃してしまうことになる。さらに、深読みすれば、白石も、交通事故に見せかけて、殺されたことも、考えられる」

と、十津川は、いった。

「つまり、殺人の目撃者である白石清を、犯人が、口封じしたということですね」

「そうなんだ。もちろん、あくまでも、白石の描いた絵が、真実を伝えているという前提があってのことなんだがね」

と、十津川は、いった。

亀井は、十津川の買った例の絵を、見ながら、

「死体は、確かに、若い女ですね。二十代の半ばという感じかな。服装は、春らしく、白いセーターに、黒のスカート」

「靴は、片方がぬげてしまっている。そんなところも、妙に、リアルなんだよ」

と、十津川は、いった。

「しかし、これを調べた調布署では、全て、白石清

のでたらめと、決めつけたんですね」

「そうなんだ。私は、半信半疑《はんしんはんぎ》というところかな。とにかく、もし、事実なら、捜査の必要があることは、確かなんだ」

「それでは、この絵が、どこまで、事実を示しているか、調べてみようじゃありませんか」

と、亀井が、いう。

「どうやって？ もう、六月で、さくらは、とうに、散ってしまっているよ。四月二十日を、そっくり、再現するのは不可能なんだ」

「M寺の住職なら、よく覚えているんじゃありませんか？」

と、亀井が、いう。

「住職ねえ。会ってみよう」

と、十津川も、いった。

二人は、絵を持って、M寺に出かけた。住職は、四十歳くらいの気さくな感じの僧だった。

十津川は、絵を、住職に見せ、

「これは、今年の四月二十日の早朝の景色を写生したものなんですが、どこか、おかしいところは、ありますか」

と、きいた。

住職は、眼鏡をかけ直して、しばらく、見ていたが、

「この死体は、何ですか？」

「それは、無視してください。さくらの開花状態や、境内の様子が、間違っていないかどうか、そこだけを、見て欲しいんですが」

と、十津川は、頼んだ。

「四月二十日なら、さくらの花は、こんなものだと思います」

と、住職は、いう。

「さくらの樹の形とか、本堂の様子は、どうですか？ 違うところが、ありますか？」

と、十津川は、きいた。

「まあ、この通りですが」

と、いってから、住職は、急に、首をかしげて、

「今年の四月二十日というのは、間違いありませんか？」

「なぜです？」

「この枝のところに、木の札が下がっているでしょう。枝を折るべからずと書いてある」

と、住職は、いった。

「ええ。文字まで、きちんと書き込んであります」

「ところが、今年は、札は、下げてないんですよ。去年、下げたんですが、効果はないし、さくらを見るのに、邪魔だということで、今年は、つけてないんですよ」

と、住職は、いう。

「本当ですか？」

「ええ。本当です。不粋《ぶすい》なものはつけないことにしたんです。まあ、さくらの枝を、二、三本折られても、花盗人《はなぬすびと》ということで、見逃そうとも、思いましてね」

と、住職は、笑った。

十津川は、すぐには、住職の話を信じ切れなくて、

「間違いありませんか？」

と、念を押した。

「間違いありません。これは、去年の景色ですよ。去年だけ、さくらが満開のとき、その札をつけたんですから」

と、住職は、いった。

「だから、これは、今年の四月二十日じゃありませんよ」

「去年の四月中旬に、さくらの下で、死んだ人がいましたか？」

と、亀井が、きいた。

住職は、小さく肩をすくめて、

「私は、五年間、ここの住職をやっていますが、境内に、死体が転がってたなんてことは、一度もありませんよ」

と、いった。

その言葉と同時に、十津川の顔に、当惑の色が、広がっていく。

住職の話が、本当なら、いや、こんなことで、嘘はつかないだろう。とすれば、この絵は、いったい、何なのだろう？

「白石清の奥さんに会ってみる」

と、十津川は、亀井に、いった。

二人は、M寺から、調布市内の、白石の家に廻った。

白石の妻の悠子《ゆうこ》と会う。

ここでも、十津川は、まず、例の絵を彼女に見せた。

「この絵は、亡くなったご主人が、描いたものに、間違いありませんね？」

「ええ。主人が描いたものですけど――」

「いつ描いたか、わかりますか？」

「たぶん、四月の終わりに、描いたんだと思います」

と、悠子は、いった。

「去年の四月頃に描いたんじゃありませんか？」

「いいえ。違いますわ」

「どうして、そうじゃないと、断定できるんですか？」

と、十津川は、きいた。

「主人は、去年は、絵を描いてないんです」

と、悠子が、いった。

「しかし、ご主人は、勤めの合間に、ずっと、絵を描いて来られたんでしょう？」

「ええ。ずっと、絵を描いていましたわ。でも去年は、春頃、急に、絵を描くのを止めて、ずっと、筆を持たなかったんです。理由は、わかりませんけど」

「そして、今年の四月二十日の朝、スケッチをしてくるといって、出かけたんですね？」

「ええ」

「すると、去年から、ずっと、絵を描かずにいて、今年の四月二十日に、久しぶりに、絵を描く気になったということですか？」

「ええ。そうなりますわ。ですから、この絵は、きっと、四月終わり頃に、描いたに違いないんです」

と、悠子は、いった。

「ご主人は、酒が、好きでしたか？」

と、亀井が、きいた。

「ええ。好きでした」

「最近、酒量が、増えていたんじゃありませんか？」

と、亀井は、きいた。

「ええ。お医者さんから、肝臓のことを考えて、量を減らすようにと、いわれていたんですけど、いうことをきかなくて。亡くなった日も、夜おそくなって、ビールが、なくなったといって、自転車で、コンビニへ、ビールを買いに行ったんです」

と、悠子は、いった。

4

二人は、M寺の境内を抜けて、帰ることにした。

十津川の足が、重い。

「白石清は、何も見ていなかったのかねえ」

十津川は、呟くように、いう。

「アルコール依存症の男の見た幻覚かもしれませんよ」

と、亀井が、いった。

「幻覚か」

「少なくとも、あの絵が、今年の四月二十日の景色を描いたものじゃないことは、住職の話で、明らかです」

と、亀井は、いった。

「すると、去年の四月半ばのことになるのかね。だが、去年の四月に、M寺の境内で、殺人があったなんて、きいたことがないがね」

と、十津川は、いった。

「私も、きいていません。あそこで、殺人があれば、当然、警視庁の所管ですから、知っていなければ、おかしいんです」

「死人が、出たという話もきいていないよ。さくらの木の下に、死体が、横たわっていれば、殺人でなくても、ニュースになるからね。新聞や、テレビに出たという記憶もない」

と、十津川は、いった。

「同感です」

「となると、これは、カメさんのいう通り、白石清という画家の幻想の産物ということになるのかねえ」

「何の事件もなかったことになりますね」

「しかし、白石清は、五月十五日に、事故で死んでいる。そのことが、どうしても、気になってね」

と、十津川は、いった。

本当の交通事故なら、問題はない。加害者は、罰せられ、遺族は、賠償されるだろう。

しかし、これが殺人なら、話は別だ。当然、動機が、問題になってくる。

「亡くなった白石清と、はねたトラックの運転手との間に、つながりがあるかどうか、調べてみようじゃありませんか」

と、亀井が、いった。

まだ事件かどうか不明なので、余分な刑事を、捜査に、割《さ》くことはできない。亀井と、若い西本刑事の二人だけで、捜査が、進められた。

二日後に、亀井が、十津川に、報告した。

亀井は、まず、問題のトラック運転手、長谷川哲夫《はせがわてつお》の写真を、十津川に、見せて、

「年齢は三十一歳。福井県の生まれで、地元の高校を卒業したあと上京し、M大に入学。二年で中退しています。そのあと、さまざまな職業につき、三年前から、自分で運送業を始め、今は三台のトラックを持つ社長になっています。努力家で、頑張り屋というのが、友人たちの長谷川評です」

「独身だときいているんだが、本当かね?」

「独身で、マンション暮らしです。彼女がいたんですが、去年、その彼女に、逃げられたということです」

と、亀井は、いった。

「逃げられた?」

「そうです。彼女の名前は、沖直美《おきなおみ》といい、二十五歳。これが、写真です」

と、西本が、若い女の写真を見せた。

「なかなか、美人じゃないか」

と、十津川が、いう。

「男好きのする顔だと、彼女を知る人間は、いっています。どうも、長谷川のほうは、彼女に参っていたようですが、彼女のほうは、それほどでもなかったようで、真面目一方の彼が詰《つま》らなくて、逃げたんじゃないかという人が、多いんです」

と、西本は、いった。

「逃げたというのが、わからないんだが、沖直美というのは、何をしている女なんだ?」

と、十津川が、きく。

「今、はやりのフリーターです。コンパニオンをやったり、デザインの真似事《まねごと》をやったり、気まぐれな性格だから、ふらりと、旅行にでも出かけたんじゃ

ないかといわれています。前にも、金が、ほとんどないのに、アメリカへ出かけて、一年間ほどいて、帰ってきたと、いうことですから」

と、西本は、いった。

「去年、逃げたといったね？」

「そうです。去年の春頃、突然、長谷川の前から、姿を消したそうです」

「長谷川は、惚《ほ》れていたんだから、必死になって探したんじゃないのか？」

と、十津川は、きいた。

「その通りです。二カ月くらい、仕事を休み、トラックで走り廻って、沖直美を探したらしいですが、とうとう、見つからなかったらしいのです」

「沖直美の行き先は、その後も、わからずか？」

「彼女の母親は、名古屋に住んでいて、警察に、捜索願を出しています。しかし、年間失踪者《しっそうしゃ》は、二万人もいますし、事件の匂《にお》いもなければ、警察は、身を入れて、探しませんよ」

と、亀井が、いう。

「長谷川は、二カ月で、諦《あきら》めたのか？」

「その後も、彼は、仕事の合間に、彼女の写真を貼《は》って廻ったり、私立探偵に頼んで、彼女を、探してもらったりしているそうです」

と、西本は、いった。

「長谷川と、白石清との関係は、どうなんだ？　長谷川に、白石を憎む理由は、見つからなかったかね？」

と、十津川は、きいた。

「結論を先にいいますと、全く、ゼロです」

と、亀井は、いった。

「接点は、なしか？」

「生まれた場所も違いますし、大学も違います。白石が、長谷川運送に、何か頼んだこともありません。白石は、酒が好きで、時には、六本木《ろっぽんぎ》や、新宿のクラブや、バーにも行っていますが、長谷川は、酒が飲めませんから、そういう場所で、二人が出会ったという可能性もありません」

「絵はどうなんだ？　長谷川も、絵を描くことはなかったのかね？」

と、十津川は、きいた。

「長谷川も、絵は好きだといわれていますが、自分で描くことは、ありません」

「バクチはどうなんだ？　二人とも、競馬が好きとか、パチンコが好きとかいうことは、ないのか？」

と、十津川は、きいた。

「白石は、飲むのと、女好きだったようですが、バクチは、パチンコもやりません。それに対して、長谷川は、パチンコは好きだし、競馬も、かなり、やっていたようです」

「カラオケは、どうだ？」

「長谷川は、カラオケにも、時々、行っていたようですが、白石のほうは、嫌いだったと、家族が証言しています」

と、亀井は、いった。

「白石は、車を持っていたかね？」

「中古の軽を持っています。それを運転して、山や海の写生に行っていたようです」

と、西本が、答える。

「車は、二人の共通点か」

「しかし、今は、たいていの人間が車を持っていますから、共通点とは、いえないと思いますが」

と、亀井が、いった。

「すると、二人の接点は、全く、ゼロということか」

十津川は、ぶぜんとした顔で、いった。

「それで、裁判でも、殺意などは、全く、問題にされず、単なる事故、それも、はねられた白石清が酔っ払って自転車に乗っていたということ、加害者の長谷川が過去に、事故を起こしたことがないということなどが、考慮されて、禁固六ヵ月で、交通刑務所に入っています」

　と、亀井が、いった。

　単なる、といういい方はおかしいのだが、単なる交通事故ならば、これ以上、調べることはない。余計なお世話だろう。

「もう一つだけ調べてもらいたい。それでも、事件にならないとなったら、その時は、私も、諦める」

　と、十津川は、いった。

「何を調べますか？」

「五月十五日の事故の日の長谷川の行動だ。運送の仕事の帰りに、白石を、はねたというんだが、その日の長谷川の行動を詳しく知りたいんだ」

　と、十津川は、いった。

「交通刑務所にいる長谷川にも会い、この事故を調べた調布署の担当者にも、会って来ます」

　と、亀井は、いった。

　この仕事は、一日で、すんだ。

「長谷川は、捕まったときも、今も、全く同じ話をしています」

　と、亀井は、報告し、手描《てが》きの都内地図を、十津川に、示して、

「この日、長谷川は、上野《うえの》駅まで、山形のさくらんぼを引き取りに行き、それを、都内の三つの果実店に、配達しています。池袋《いけぶくろ》近くのサカイ果実店、練馬《ねりま》区石神井《しゃくじい》のフルーツパーラー大国屋《おおくにや》、最後が、浅草田原町《あさくさたわらまち》の果実店イワキヤです。その帰りに、調布市内で、白石をはねたわけです。長谷川の運送会社は、府中《ふちゅう》市内にあります」

「三つの店に、間違いなく、五月十五日に、配達しているんだね？」

「各店に行って、確認してきました。池袋のサカイ果実店が午前十時。石神井のフルーツパーラーが、

十二時。そして、昼食をとってから、午後三時に、浅草の果実店というわけです。これは、伝票も、確認しました」

「浅草田原町が、午後三時か。調布市内の道路で、白石が、はねられたのは、その日の午後九時五十分ということだから、七時間近くもある。浅草から、調布まで、七時間も、かかるかね？」

「その点ですが、長谷川は、甲州《こうしゅう》街道の笹塚《ささづか》で、時間が余ったので、パチンコをやったと証言しています。それで、調布市内を通過するのが、十時近くになってしまったと。あの時、パチンコさえやらなければ、白石さんを、はねたりしなくてすんだのにと、今でも、悔《くや》んでいますよ」

と、亀井は、いった。

「パチンコをやっていたというのは、本当なのか？」

と、十津川は、きいた。

「わかりません。大きなパチンコ店だし、今からでは、証明は、難しいですよ」

「調布署は、その点を、調べたのかな？　長谷川を逮捕した時点で」

と、十津川は、きいた。

「その時も、証明は、難しかったと、調布署は、いっています。まあ、長谷川は、はねたことを、否定しているわけではないので、パチンコの件は、長谷川の話を、信用したんだと、思いますね」

と、亀井は、いった。

だが、十津川は、拘《こだわ》った。

「そのパチンコ店は、甲州街道に、面しているんだろう？」

「そうです」

「専用の駐車場は、ないんじゃないかね？」

「そんなものは、ありませんよ」

「それなら、長谷川は、トラックを、何時間も、

「何処《どこ》へ駐《と》めておいたのかな?」

と、十津川は、きいた。

「もう一度、交通刑務所へ行って、きいて来ましょう」

と、亀井は、出かけて行った。

戻ってくると、亀井は、

「水道道路に、駐めておいたと、いっていました」

「水道道路というと、甲州街道と平行して走る道路だろう?」

「そうです。いわば、裏路で、駐車禁止じゃありません」

「そこに、彼は、どのくらい、車を駐めておいたのかね?」

「三時間か、四時間と、いっています」

「彼のトラックの写真は、あるか?」

「トヨタのトヨエースで、箱がついている、トラックです。ナンバーも、控えてきました」

と、亀井は、いい、そのトラックの写真も、十津川に、示した。

「それでは、この車が、彼のいう水道道路に、三時間以上も、駐車していれば、誰か、目撃者がいるはずだ」

「拘りますね」

「どうしても、納得したくてね。もし、目撃者がいれば、私は、諦める」

「いいですよ。西本刑事と、聞き込みに、当たってみます」

「申し訳ない」

「警部も、注意してください」

と、亀井が、いう。

「何をだ?」

「三上部長が、ご機嫌悪いみたいです。もうすんだ事件を、なぜ、調べているんだと」

「そうだろうな」

と、十津川は、うなずいた。

5

亀井は、西本刑事を連れて、出かけて行った。

聞き込みは、時間がかかる。しかも、一カ月以上も前のことなのだ。

二人は、数時間かかって、疲れた表情で、戻ってきた。

「どうやら、警部の拘りが、正解だったようです」

と、亀井が、いった。

「トラックの目撃者は、いないということか？」

「あの辺の住人に、片っ端から当たってみましたが、五月十五日の午後、問題のトラックを見たという人間は、ゼロです。皆無です」

「そうか。ゼロか」

「これで、長谷川が五月十五日に、水道道路にトラックを駐めて、三時間以上、パチンコをやっていたというのは、嘘の可能性が、強くなりました。ただ、なぜ、そんな嘘をついたかということです」

と、亀井は、いった。

「パチンコをやらずに、真っすぐ、府中の会社へ戻ったとすると、長谷川は、午後六時には、着いたことになってしまいます。そうなると、調布市内で、白石清を、はねたのは、彼ではないことになってしまいます」

と、西本が、いう。

「しかし、はねたのは、長谷川なんだろう？」

と、十津川は、確認するように、きいた。

「そうです。彼の車のフロント部分に、白石の自転車のペイントが付着していたということですから、間違いないでしょう。もちろん、彼自身の自供もありますから」

と、亀井が、いった。

「そうなると、結論は、一つしかないことになるね。長谷川は、笹塚で、パチンコは、やらなかったんだから、調布市内には、午後五時から、六時の間に、入ったことになる」

　と、十津川は、いった。

「しかし、白石を、はねたのは、午後九時五十分です。その間、長谷川は、何をしていたんですかね？　どこか途中で、夕食をとっていたんでしょうか？」

　と、西本が、いった。

　十津川は、微笑して、

「それなら、途中で夕食をとったというさ。パチンコをやっていたなんていうより、どれほど、ましかわからないからね」

「すると、何処で、何を？」

「私は、こう思っている。長谷川は、五時から六時の間に、調布市内に入り、白石の自宅近くで、じっと、彼が外出するのを、待っていたんだとね」

　と、十津川は、いった。

「白石を、はねるためにですか？」

「もっと、はっきりいえば、白石を、殺すためにだよ」

　と、十津川は、いった。

　西本は、びっくりした顔で、

「しかし、なぜ、長谷川は、白石を殺すんですか？　いくら調べても、二人の間に、接点はなかったんですよ」

「いや、あったんだ。だから、長谷川は、白石を、殺したんだよ」

　と、十津川は、断定するように、いった。

　翌日、十津川は、亀井を連れて、交通刑務所に、長谷川を訪ねた。

　面会所で、彼に会った。

　十津川は、写真でしか、長谷川を見ていない。細面《ほそおもて》の優しい感じの青年だった。

「君がはねた白石清さんのことをききたくて、来たんだ」

と、十津川がいうと、長谷川は、眼を伏せて、

「本当に、申し訳ないことをしたと思っています。弁護士さんには、白石さんの遺族の方には、できるだけの賠償をして欲しいと、頼んであります。僕の会社が、そのために、潰《つぶ》れてしまっても構いませんし

と、いう。

その言葉にも、いい方にも、嘘は、感じられなかった。

（この男は、誠実な人間なんだ）

と、十津川は、思いながら、

「事故の前から、君は、白石清さんを、知っていたんじゃないのかね？」

と、きいた。

長谷川は、眼をあげ、激しく、首を横に振って、

「ぜんぜん知りませんよ。だから、余計に、申し訳ないと思うんです」

「五月十五日、事故を起こした日だがね、君は、帰る途中、甲州街道の笹塚で、パチンコをやったといっている」

「ええ。僕は、楽しみというと、パチンコぐらいしかないんです。あの日も、仕事が早く終わったので、ついパチンコをやってしまって」

「その間、裏通りの水道道路に、トラックを駐めておいたということだが」

「ええ。駐めておきました」

「ところが、いくら調べても、君のトラックが駐まっているのを見たという人間がいないんだよ」

と、十津川は、いった。

「誰か見た人がいると思うんですがねえ。おかしいな」

と、長谷川は、いう。

それを、十津川は、真っすぐに、見すえるようにして、

「二人の刑事が、数時間かかって、調べたんだよ。しかし、目撃者はゼロだ。だから、君は、あの日、笹塚で、パチンコはやらなかったんだ」

「やらなければ、調布に、五時か六時頃に、着いてしまいますよ」

「そうだ、君は、その時刻に、調布市内に入ったんだよ」

「しかし、そうなると、僕は、白石さんを、はねた犯人じゃなくなってしまいますよ。僕にとっては、そのほうが、犯人じゃなくなって、有り難いですがね」

と、長谷川は、笑った。

十津川は、ニコリともしないで、

「だが、君は、白石さんを、はねたんだよ。ということは、君は、白石さん宅の近くで、じっと、彼が外出するのを辛抱《しんぼう》強く待っていたんだ。そして、午後九時過ぎに、彼が、自転車でコンビニへ、ビールを買いに出かけるのを見て、トラックではねたんだよ」

「しかし、その日に、白石さんが、外出するかどうか、わからないじゃありませんか？」

と、長谷川が、いう。

「その通りだ。だが、君は、毎日でも、同じことを、するつもりだった。いや、五月十五日以前から、君は、同じことをしていたんだと思う。仕事の帰りに、トラックで、白石さん宅を見張り、出て来たら、はねて殺す。五月十五日になって、やっと、そのチャンスが来たんじゃないのかね」

「僕は、そんな、しつこい人間じゃありませんよ。第一、なぜ、僕が、そんなことまでして、見ず知らずの人間を、殺さなきゃならないんですか？」

と、長谷川が、十津川を見た。

「何が動機か、それを、今、一生懸命に、考えているところだよ。金が目的か。いや、違うな。はねられた白石さんは、財布を盗《と》られていなかったというからね。とすると、はねて、人を殺すのが、嬉《うれ》しいのか？　いや、これも違うね。君は、そんな男には見えない」

十津川は、相手の表情を見ながら、一つずつ、これはと思う動機を、並べていった。

「次は、何かの復讐《ふくしゅう》か」

と、十津川がいったとき、長谷川の表情が、微妙に動くのを見た。

十津川は、ひとりで、うなずいて、

「やはり、復讐か」

「バカなことは、いわないでください。僕は、復讐なんてことと、考えたこともありませんよ」

「君は、まだ、独身だったね」

「それが、どうかしたんですか？　僕の勝手じゃありませんか。誰かに迷惑をかけたわけじゃない！」

長谷川は、怒ったように、語気を強めて、いった。

「確か、恋人がいましたね。名前は確か――」

「沖直美。二十五歳、フリーターです」

と、横から、亀井が、いった。

「その恋人は、確か去年の春に、失踪したんだったね？」

と、十津川が、きく。

「それが、どうかしたんですか？　勝手に、何処かへ行ってしまったんです。もう、彼女のことは、忘れました」

と、長谷川が、いう。

「探さなかったのか？」

と、亀井が、きいた。

「いなくなった当時は必死に探しましたよ。彼女の友だちにも当たったし、彼女の郷里にも行ってみよした。だが、どこにもいなかった。だから、諦めました。きっと、僕が嫌いになって、外国へでも行ったんじゃないですか。そう思っていますよ」

「話は違うが、君は、絵が、好きだそうだね？」

と、十津川は、いった。

「ええ」

「私も、好きでね。新人の安い絵を、何枚も、買っているんだ」

と、十津川は、いった。

長谷川は、それに、どう応じたらいいのか、警戒する眼で、黙って、十津川を見ている。十津川は、構わずに、言葉を続けて、

「デパートに、よく、委託販売で、新人の絵が、飾ってあってね。値段がついていて、画家の名前も書いてある。君も、時々、見に行くんじゃないのか？」

「――――」

「先日、Nデパートで、奇妙な絵を見つけてね。君がはねた白石清さんが描いた水彩画だよ。M寺の境内のさくらの下に、若い女の死体が、横たわっている絵でね。妙にリアルなので、私は、気になって、買ってしまった。君も、あの絵を、デパートで、見たんじゃないのかね。この絵だよ」

と、十津川は、わざわざ持参した、例の絵を、長谷川の眼の前に、置いた。

長谷川の顔色が、変わった。

「やはり、君も、この絵が、気になっていたんだね。さくらの樹の下に横たわっている、白いセーターと、黒のスカートの女は、君の恋人じゃないのかね？」

「――――」

長谷川は、黙っている。

十津川は、勝手に、話を進めた。

「白石さんは、今年の四月二十日に、突然、警察に

行き、M寺のさくらの下に、若い女の死体があると、いい、刑事が駆けつけた。しかし、死体もなかったし、痕跡もなかった。だから、警察は、白石さんが、酔っ払って、幻覚を見たんだろうと、いうことにした。それなのに、白石さんは、そのあと、この絵を描いた。この絵を見る限り、さくらの樹の下には、若い女の死体があったとしか思えない。ところが、M寺の住職にきくと、この絵は、今年の四月二十日の風景ではなく、去年の四月半ば頃の風景だと、いうんだよ。その証拠が、枝につけられた『枝を折るべからず』の札だ。この札は、去年のさくらの季節にだけ、つけたというのでね。とすると、いったい、どういうことになるのか？」

「――――」

「もちろん、われわれは、去年の四月に、この絵のような事件が起きていたかどうか、調べたが、事件の報告はなかった。そこで、われわれは、悩んでしまった。去年も、今年も、若い女が、さくらの下で死んでいたという事実がないのに、なぜ、白石清は、こんな絵を描いたのか？　君は、これを、どう思うね？　どう解釈したらいいと思うね？」

と、十津川は、長谷川を、見つめた。

「そんなこと、僕が知ってるわけがないじゃありませんか！」

と、長谷川が、吐き捨てるように、いった。

その時、西本刑事が、面会室に入って来て、小声で、十津川に囁《ささや》いた。

十津川は、うなずくと、長谷川に向かって、

「この絵だがね。実は、白石清さんが死ぬ前、他のKデパートの売場に飾られていたことが、わかったんだよ。十日間おいていただけで、なぜか白石さんは、急に、引き取っていたというんだ」

「それが、どうかしたんですか？」

「その十日間の間に、熱心に、この絵を見て、しき

りに、白石さんのことをきいていった男がいたそうだ。白石さんの住所や、年齢やどんな人か、きいていったと、店員は、いっている」

「――――」

「その男は、君だ。君の写真を、うちの若い刑事が持って行って、確認した。そのあと、白石さんは、絵を引き揚げ、君のトラックに、はねられて死んだわけだよ」

「――――」

「これは、偶然だろうか？」

「なぜ、そんなことを、僕にきくんですか？」

「君が、一番よくその答えを知っていると、思うからだよ」

と、十津川は、いった。

6

十津川は、いったん、警視庁に、引き揚げた。

とたんに、三上刑事部長に呼びつけられ、部屋に入るや、

「今、交通刑務所の所長から、電話があった。収監されている長谷川という男に、面会を求めて、訊問《じんもん》したが、何の事件の調査なのかと、きいてきた。君は、いったい、何を調べているんだ？」

と、咎《とが》める感じで、きかれた。

「殺人事件について、調べています」

と、十津川は、いった。

「何処の殺人事件かね？」

「調布市内で、五月十五日に行なわれた殺人事件です」

と、十津川は、いった。

「まさか、長谷川というトラック運転手が、自転車に乗った男をはねた事件のことを、いっているんじゃあるまいね？」

　三上が、きく。

「まさに、その事件のことです」

　と、十津川が、いうと、三上は、小さく、首を横に振って、

「君は、証拠もなしに、そんなことをいっているのかね？　目撃者が見つかったとか、運転手が、あれは、故意にはねたと、君に話したのかね？」

「どちらも、違います」

「困るよ。勘だけで、あれは、殺人だと断定されてはね。すでに、事故と決まって、長谷川という運転手は、神妙に、服役しているんだ。出所したら、また、一人の市民として、普通の生活に戻ろうとしているのに、君が、余計なことをいえば、更生しようという気持ちが、失われてしまうと、交通刑務所では、心配しているんだ。それに、長谷川の家族だって、黙ってはいないぞ」

　と、三上は、いった。

「しかし、あれは、殺人です。事故に見せかけた殺人です」

　と、十津川は、主張した。

「だから、証拠はあるのかね？」

「見つけます」

「それなら、今から、三日以内に、納得できる証拠を見つけたまえ。交通刑務所の所長に約束したんだ。それ以後は、絶対に、この件に関与してはならん。約束してもらう」

「わかりました。三日あれば、大丈夫です」

　と、十津川は、いった。

　三上は、釘《くぎ》を刺すように、

「この段階では、あくまでも事故なのだから、捜査本部は、もちろん設けてはならんし、最小限度の人

員で、捜査したまえ」

と、いった。

「私を含めた三人で、十分です」

と、十津川は、いった。

十津川は、三上部長が、嫌いではない。ある意味では、尊敬していた。彼は、しばしば、十津川の捜査方針に反対するが、完全に反対をしたことは、一度もない。どこかで、妥協《だきょう》してくるのだ。今回も、三日間という時間をくれている。

たぶん、上からの圧力や、外からの抗議を受けて三上は、絶対的な抵抗も、完全な降伏もせず、ぬらりくらりと応対して、三日間という時間を手に入れたのだろう。そうした芸当が、十津川には、逆立《さかだ》ちしても、できそうにないのである。

十津川は、すぐ亀井を連れて、白石清の家を訪ねた。時間を、無駄にできなかった。

白石の妻の悠子に会うのは、二度目だった。

悠子は、明らかに、十津川を、煙たがっていた。態度も、よそよそしく、不機嫌さが、露骨に出ている。

「亡くなったご主人のことで、もう一度だけお話を伺いたい」

と、十津川が、いうと、悠子は、

「もう話すことは、何もありませんわ」

「この絵のことを、話して欲しいんです」

十津川は、例の絵を、悠子の前に置いた。

「それは、先日、お話ししましたわ。主人が亡くなってから、書斎を調べたら、この絵が、一枚だけあったんです。ですから、ずっと、絵を描かなかった主人が、今年になって、初めて、描いたんだろうって」

「実は、ご主人は、この絵を、Kデパートに、委託販売で、出していたんですよ」

「息子が、Nデパートに出していたんじゃないんですか？」

と、悠子は、首をかしげた。

「その前です」

「こんな気味の悪い絵、売れると、思ったんでしょうか？」

と、また、悠子は、首をかしげる。

「たぶん、売れないと、思ったでしょうね」

と、十津川は、いった。

「それなら、なぜ？」

「そのことで、奥さんにも考えて欲しいんです」

と、十津川は、いった。

「私に、わかるはずがありませんわ。私には、絵の上手《うま》い下手《へた》は、わかりませんから」

「絵のことより、ご主人が、この絵を描いた理由です。それと、この絵を、Ｋデパートに飾って、みんなに見せたかった理由です」

「それなら、なおさら、私には、わかりませんわ」

「この絵ですが、描いたのは、四月の終わりだと思います」

「ええ」

「だが、描かれた光景は、去年の四月半ばのものです」

「――――」

「確か、奥さんは、去年の四月頃から、急に、ご主人が、絵を描かなくなったといわれましたね？」

「ええ。いいましたわ。その通りですもの」

「なぜ、ご主人は、急に、絵を描かなくなったんですかね？」

「わかりません」

「たぶん、ある日、突然にだったと思いますがね」

と、十津川は、いった。

7

悠子は、考え込んだ。しきりに、一年前のことを思い出している様子だったが、

「そうでしたわ。いつだったか、青い顔で帰って来て、それから、絵を描かなくなってしまったんです」

と、いう。

「その日は、四月中旬で、朝早く、写生に行ったんじゃなかったですか？　車に乗って」

と、十津川は、きいた。

悠子は、また、考える表情になっていたが、

「確かに、そうでした。さくらを描いて来るといって、いつものように、車に、カンバスや絵具をのせて、朝早く出て行ったんです。四月中旬でした。日にちは、忘れましたが――」

「その日、ご主人は、青い顔で、帰って来た。そのあと、どうなりました？」

と、亀井が、きいた。

「その日は、日曜じゃなかったのに、主人は、休んで、一日じゅう、書斎に籠《こも》って、酒を飲んでいました。心配になって、どうしたのかきいたんですけど、答えてくれなくて――」

と、悠子は、いう。

「その後のご主人の様子は、どうでしたか？」

と、十津川は、きいた。

「お酒の量が多くなって、前から、短気でしたけど、一層、気が短くなってしまって――」

と、悠子は、いった。

「他には？」

と、亀井が、きく。

「睡眠薬を間違えて飲み過ぎて、死にかけたことがありました」

と、悠子が、いう。

「ご主人は、睡眠薬を飲んでいたんですか？」

「前から、不眠症で、病院で、睡眠薬を貰っていたんです。あの日から、飲む量が多くなりました。五月に入ってからだと思うんですけど、間違えて、飲み過ぎて、あわてて、救急車を頼んだんです」

「それは、量を間違えたのではなく、自殺を図《はか》ったんじゃありませんか？」

と、十津川は、いった。

悠子は、「え？」と、声に出し、

「でも、なぜ、主人が――」

と、十津川を見た。

十津川は、それには、返事をせず、

「問題の日のことを、よく思い出して欲しいんですが、朝早く、出かけたといわれましたね？」

「ええ」

「何時頃に、家を出たんですか？」

「六時頃ですわ。いつも、二時間ほど、写生して、八時に戻ってくると、会社に間に合うんです」

「その日も、八時に、戻って来ましたか？」

と、亀井が、横から、きいた。

「いいえ。あの日は、九時をまわっていましたわ。十時に近かったと思います。それで、会社を休んだんだと思っていたんですけど」

と、悠子は、いう。

「青い顔をしていたんですね？」

「ええ」

「服装は、どうでした？」

と、十津川が、きいた。

「そういえば、ジャンパーが、泥だらけになっていて、主人は、転んだといっていました」

と、悠子は、いった。

「書斎を見せていただけませんか」

と、十津川は、いった。

二階の六畳間が、書斎兼アトリエになっていた。

絵具の匂いが、する。

何冊ものスケッチブック。何点かの水彩画。何ダースもの水彩用の絵具。写真も好きだったとみえて、自分で撮ったと思われる写真を、大きく引き伸ばしたパネル。

「何を見つけたらいいんです？」

と、亀井が、部屋を見まわしながら、十津川に、きいた。

「彼が、日記でもつけてくれていたら、一番いいんだがね」

と、十津川は、いった。

「日記は、ないようですね」

「他に、彼の心境を書きつけたようなものがあれば、助かるんだが」

と、十津川は、いった。

「それは、あの絵なんじゃありませんか？」

と、亀井が、いう。

「確かに、そうなんだが、それを補強してくれるものが、欲しくてね」

と、十津川は、いった。

二人は、六畳の部屋を、二時間かけて、調べつくした。

その結果、一冊のスケッチブックを見つけた。

二十冊近いスケッチブックが、一カ所にまとめて置いてあったのだが、そのスケッチブックだけは、一冊だけ、本棚の奥に、隠すように、しまわれていた。

景色のスケッチではなかった。

あの絵の、女の死体の部分だけを、何枚もスケッチしたものだった。

いずれも、地面に、横たわっている。ただ、一枚ずつ、微妙に違っていた。

まるで、女の顔を、必死になって、思い出そうと

でもするかのように、女の横顔だけを、しつよう
に、スケッチしているページもあった。
このいくつものスケッチは、何なのだろう？
この結果が、あの絵になったのだろうか？
「この女の名前が、書いてあれば、助かるんだが
ね」
と、十津川が、いう。
「沖直美という名前ですか」
「そうだよ」
「彼女の写真は、見ましたが、このスケッチは、あ
まり、似ていませんね」
「生きている人間と、死んだ人間は、顔は変わる
さ。それに、これは、白石の記憶の中にある沖直美
かもしれないからね」
と、十津川は、いった。
二人は、そのスケッチブックを借りて、白石の家
をあとにした。

足を向けたのは、白石が、睡眠薬を飲みすぎて、
運ばれたというR病院だった。
そこで、手当てをした田島《たじま》という医師に会った。
田島は、白石のことを、よく覚えていた。
「危いところでしたよ。何とか、助かりましたが」
と、田島は、いった。
「自殺を図ったと思いますか？　それとも、誤
って、睡眠薬を飲み過ぎたと思いますか？」
と、十津川は、きいた。
田島は、笑って、
「この白石という人は、不眠症で、ずっと、病院か
ら、睡眠薬を貰って、飲んでいたわけですよ。そう
いう人が、量を間違えるとは、思えませんね」
「それでは、自殺を図ったと、お考えですか？」
「ええ。意識不明で、運ばれてきたんですが、助か
ったとき、喜びの色はなくて、ひどく暗い顔をして
いましたよ」

「退院するまで、先生が診《み》られたんですか?」

「そうです」

「先生から見て、どんな患者というか、人間に思えました?」

と、十津川は、きいた。

田島は、当惑した表情になり、

「そうですねえ」

と、しばらく、考えていたが、

「何か事件を起こした時、いろいろ理屈をつけて、自分を正当化しようとする人間がいますね。その反対に、ひたすら、自分を罰しようとする人間もいます。白石さんは、後者だと思いますね」

「ひたすら、自分を罰しようとする人間――ですか」

「ただ、警察に自首する勇気はない」

「だから、自殺を図ったと――?」

「私は、そんなふうに、考えました。だから、ここに入院している間、私は、彼が、また、自殺を図るのではないかと、そればかり、心配していましたよ」

と、田島は、いった。

「白石さんが、何か罪を犯していて、それらしいことを、先生に喋《しゃべ》ったことがありましたか?」

と、亀井が、きいた。

「いや、ありません」

と、田島は、否定した。

8

翌日は、十津川は、亀井と、沖直美について、調べることにした。

突然の失踪。その時、彼女は、調布市内のマンションに住んでいたことが、わかった。

二人は、そのマンションに、行ってみた。

五階建てで、一戸が、2DKのマンションである。

二人は、まず、そこの管理人に会い、沖直美の写真を見せた。

管理人には、すぐ、

「この人なら、もちろん、知っていますよ。このマンションに住んでいて、突然、いなくなった人です」

「どんな女性でした?」

と、亀井が、きいた。

「きれいな人でしたよ。ああ、時々、男の人が来てましたね。三十歳くらいの。恋人だったんでしょうね」

「この人ですか?」

と、十津川が、長谷川の写真を見せた。

「ええ。この人です。沖さんがいなくなった当初、何回も来て、沖さんのことを、しつこくきいて行きましたね」

と、管理人が、いう。

「私たちにも、同じことを、話してくれませんか。沖さんが、いなくなった前後のことを」

と、十津川は、いった。

「去年の四月半ばでしたよ。突然、いなくなってしまったんです。本当に、突然という感じでしたね。まるで、旅行に行くとも、何とも、いわずにです。まるで、神かくしにあったみたいだと、いっていたんです」

と、管理人は、いった。

「いつから、いなくなったんですか? 正確な日時を覚えていますか?」

と、亀井が、きいた。

「去年の四月の半ばだということは、確かなんですがねえ。何日だったというのは――」

「荷物なんかは、部屋に、そのままだったんですか?」

と、十津川は、きいた。

「ええ。だから、余計、わけがわからなくて」

「その荷物は？」

「名古屋に住む沖さんの母親という人が来て、運んで行きましたよ」

と、管理人は、いった。

「M寺は、ここから、近いですね？」

と、十津川は、きいた。

「そうですね。歩いて、十二、三分ですかね」

「沖さんは、よく、M寺まで、散歩に行っていたんじゃありませんか？」

と、亀井が、きく。

「さあ、私には、よくわかりませんが――」

と、管理人は、いう。

「では、これを見てください」

十津川は、白石の家から持ってきたスケッチブックを、管理人に渡した。

相手が、ページをめくっている。それに向かって、十津川は、

「そこに描かれている女性ですが、沖直美さんだと思いますか？」

と、きいた。

「さあ、似ている気もしますが、なぜ、沖さんなら、死んでるんですか？　これは、死んでるんでしょう？」

と、管理人が、きき返した。

「そこに描かれた女性は、白いセーターに、黒いスカートをはいているんですが、沖さんも、そんな服装をしていたことがありましたか？」

と、亀井が、きいた。

「そうですねえ。あったかもしれませんが、私は、若い女性の服装を、よく知らないもので」

と、管理人は、いう。

十津川は、管理人に礼をいい、新宿に出て、昼食

をすませ、そのあと、Kデパートに、向かった。

ここにも、Nデパートと同じように、新人画家の絵を、委託販売しているコーナーが、五階にあった。

十津川と、亀井は、そのコーナーの責任者に、会った。

まず、例の絵を、相手に見せた。

「この絵を、このコーナーに、飾ってありましたね。前に、そうおききした」

と、十津川は、いった。

「そうですよ。懐《なつか》しい絵だ」

と、相手は、いう。

「その時の詳しい事情をききたいんですがね」

「詳しいというと？」

「白石さんが、直接、持って来たんですね？」

と、十津川は、きいた。

「ええ。風呂敷《ふろしき》に包んで、大事そうに持って来られたのを、はっきり、覚えていますよ」

「特別に、覚えているということですか？」

「ええ。白石さんが、そのとき、売らなくてもいいから、十日間、飾っておいて欲しいといわれたんです。妙なことをいうなと、思って、それで、よく覚えているんですよ」

「売らなくていいと、いうのは、どういう意味だったんですかね？」

「とにかく、人の眼にふれさせたいということだったんじゃありませんかね」

「売らなくていいといわれて、困ったんじゃありませんか？」

と、亀井が、きいた。

「ええ。委託販売ですからね。売らなくていいのは、困るんです」

「しかし、引き受けた？」

「ええ」

「なぜですか？」

「第一に、白石さんが、ひどく、真剣な顔をなさっていたからですよ。それで、これは、何かわけがあるのだろうと思いました。第二に、このほうが、大きな理由なんですが、ここにおいて、この絵に、ひかれたんですよ。だから、ここにおいて、自分が、毎日、見ていたかったんです」

「いつから、いつまで、ここに、飾られていたんですか？」

「五月一日から、十日までです」

「その間に、ひどく熱心に、この絵を見て、作者の白石さんについて、いろいろと、きいて行った人間が、いたんでしたね？」

「そうです。刑事さんがいった人相に、そっくりの男の人でしたよ」

と、責任者は、いう。

十津川は、長谷川の顔写真を何枚か見せて、再確認してもらってから、

「彼は、五月の何日に、この絵を見に来たんですか？」

と、きいた。

「確か五月七日でした。誰かに、この絵のことをきいていたんじゃありませんかね。まっすぐに、この売場にやって来て、じっと、見ていましたよ」

と、いう。

（私立探偵に、調べさせていたというから、この絵のことは、そこからきいたのかもしれない）

と、十津川は、思いながら、

「じっと見ていただけですか？」

「ポケットから、ポラロイド写真を取り出して、絵と比べるようにしていましたね。絵と同じ景色の写真でしたよ」

「M寺の境内の写真だ」

「変なことをする人だなと思いましたね。そのあと

で、描いた白石さんのことを、根掘り葉掘りきかれたんですよ」

「白石さんの住所も教えたんですね？」

「あまりにも、熱心にきかれたものですからね。それに、この絵を、ぜひ、売ってくれといわれたんです。売れないといったら、描いた人に、話して、どうしても譲ってもらうのだというので、住所を教えてしまったんです。いけなかったですか？」

と、不安気に、責任者が、きいた。

十津川は、どう返事してよいかわからなかった。

このデパートに、白石が、絵を飾った理由が何だったのか、それが、わからなかったからである。

売らなくていいと、コーナーの責任者にいったのだから、売る気はなかったことはわかる。それなのに、十日間、絵を飾ってくれと頼んだのは、人々に、絵を見てもらいたかったためとわかる。

問題は、その理由である。なぜ、この絵を、人々に、見せたかったのか？　よく描けたからというのは、理屈に合わない。白石は、それまで、そんなことはしたことがなかったし、他の絵に比べて、よく描けたとは思えない。他に、もっと、よく描けている絵があったからである。

（自分を罰するほうだった）

という言葉が、十津川の頭に浮かんだ。R病院の田島医師が、口にした言葉である。

白石は、自分を罰しようと、睡眠薬を飲んで自殺を図った。

この絵も、それだったのではないか。一年前の自分の犯罪を絵に描いて、それを人々に見せて、自分を罰しようとしたのではないか。

もし、その通りだとしたら、白石は、思い通りに、自分を罰したことになる。

「その後も、この男は、絵を見に来ましたか？」

と、十津川は、きいた。

「毎日、見に来ていましたよ。怖い顔で、見ていましたね。五月十日には、夕方、白石さんが引き取りに来たんですが、この日の昼休みに、彼は、見に来ていましたよ」

「白石さんに渡した時ですが、彼は、何か、いっていましたか？」

と、亀井が、きいた。

「ええ。この絵に関心のありそうな人は、いましたかと、きかれました。だから、例の男の人のことを話しました」

「白石さんの反応は、どうでしたか？」

「黙っていましたね。黙って、絵を持って、帰られましたから、どう感じられたかは、わかりません」

と、責任者は、いった。

9

十津川の頭の中で、一つのストーリーが、出来あがっていく。

サラリーマンで、余暇に、水彩画を描き続けていた白石清という男がいた。彼が、画家になる気だったのかそれとも、あくまで趣味として、描いていたのかはわからない。

去年の四月中旬、ある日の朝、白石は、近くのM寺の境内のさくらをスケッチに、軽自動車に乗って、出かけた。

時間は、午前六時。

そこで、沖直美に会った。

二人が、知り合いだった証拠は、何もない。

たぶん、彼女は、朝の散歩に、近くのM寺の境内にやって来たのだろう。

二人は、境内で、出会った。

そこで、何があったのか。

彼女が、白石のスケッチを見て、馬鹿にしたのか。

白石の車が、彼女に接触して、彼女が転倒でもしたのか。

とにかく、二人は、ケンカになり、かっとした白石は、彼女を、絞殺してしまった。

さくらの花の下に、横たわる死体。

白石は、一時、呆然《ぼうぜん》として、死体を見ていただろうが、怖くなって、死体を、車にかくし、何処かへ、捨てに行ったのだ。

妻の悠子の証言では、午前十時近くに、青い顔で帰って来たというから、奥多摩《おくたま》へでも、捨てに、行ったのかもしれない。

警察には、怖くて知らせられなかったが、白石は、平気でいられるほど図太くはなかった。

だから、彼は、描けなくなり、睡眠薬を飲んで、自殺を図ったりもした。

そして、一年たった今年の四月二十日、白石は、奇妙な行動に出た。

早朝、一年ぶりにスケッチをするといって、家を出た。白石は、M寺のさくらの下で、若い女の死体を見つけたと、警察に、通報したのである。

この奇妙な行動は、いろいろと、解釈できる。

白石の幻想の中で、いつでも、さくらの下には、若い女、沖直美の死体が、横たわっていたのかもしれない。

また、警察に、一年前の犯行を自供することはできないが、警察が、M寺のさくらの下で何か事件があったのではないかと疑い、調べてくれることに、期待したのではないか。

いずれにしろ、自分を罰したいという気持ちが、こんな形になって、現われたと見ていいのだろう。

だが、警察は、一応、調べたが、死体がないことで、捜査は、止めてしまった。

白石は、自分を罰することが、できなかった。

そこで、彼は、一年前の光景を絵に描き、それを、人の眼に触れるデパートに、展示することにした。

たぶん、これも、自分を追い込んで、罰したかったからに違いない。

今度は、白石の、ひそかに、望んだ通りになった。

突然失踪してしまった恋人の沖直美を、必死になって探していた長谷川が、この絵を見た。

彼女が、時々、朝の散歩に、近くのM寺のさくらを見に行っていたことは、恋人だから、当然、知っていただろう。

あるいは、前日にでも、電話で、明朝、満開のさくらを見に行ってくるとでも、彼女は、喋っていたかもしれない。

そのM寺のさくらの下で、若い女が死んでいる絵。死体の女は、どこか、恋人の沖直美に似ている。

だから、長谷川は、絵の作者の白石の身辺を、調べたと思う。

それで、何を知ったか。

白石が、自殺を図ったことを、きいたか。

今年の四月二十日に、ありもしない死体のことを、警察に通報したことをきいたか。

とにかく、長谷川は、白石清が、恋人の沖直美を殺したに違いないと、確信したのだ。

そして、復讐を誓った。

毎日、トラックで、白石を、はね飛ばして殺そうと、つけ狙った。

五月十五日の夜、たまたま、缶ビールを買いに、自転車で出かける白石を見つけ、トラックをぶつけて、殺してしまった。

そのあと、出頭して、はねたと自供した。被害者の白石との間に、何の接点もないので、偶然の事故ということになった。

長谷川の復讐は、成功したのだ。

「その推理に賛成です。私も、同じことを、考えました」

と、亀井は、十津川に、いった。

「だが、残念ながら、証拠がないよ」

十津川は、小さく、吐息をついた。

一緒に、捜査に当たってくれた若い西本刑事は、

「長谷川を、訊問して、自供させたら、いいんじゃありませんか？　殺意を持って、トラックを、ぶつけたと自供したら、それで、殺人は、証明できるんじゃありませんか？」

「駄目だな」

と、亀井が、あっさりと、いった。

「駄目ですか？」

「第一、長谷川が、そんな自供をするはずがないよ。折角、自動車事故に見せかけて、殺したんだからね」

と、亀井が、いった。

「それに、沖直美の死体が、まだ、見つかっていないんだ」

と、十津川が、いった。

「しかし、彼女は、すでに殺されていると、お考えなんでしょう？」

と、西本が、食い下がった。

「考えることと、死体があるということは、別だよ。死体があり、それが、殺されたものだとなれば、長谷川が、その復讐に、事故に見せかけて、殺したということが、わかってくる。しかし、死体がなければ、全てが、想像の産物になってしまうんだ」

と、十津川は、いった。

「死体は、いったい、何処にあるんでしょうか？」

と、西本が、きく。

十津川は、関東地方の地図を持ち出して机の上に広げた。

調布市M寺の場所に、×印をつける。

「問題の日、白石は、午前六時に家を出ている。車で行ったのだから、六時十分には、M寺に着いているはずだ。ただ、何時に、沖直美と会い、殺したかは、わからない。そして、午前十時近くに、帰宅した。六時三十分に、彼女と、ぶつかったとすると、三時間三十分の時間があるわけだ。片道、一時間五十分弱ということになる。白石の車は、軽の中古で、死体を運んだのだから、慎重な運転をしていたと思う」

「それなら、時速、六十キロが、いいところでしょう」

と、軽を持っている西本が、いった。

十津川は、うなずいて、

「六十キロとすると、一時間五十分で、単純計算で百十キロか。信号や、道の悪さなどを考慮すると、百キロということになる」

と、いった。

亀井が、M寺を中心にして、百キロ圏内の円を、地図の上に描いた。

その円の中、東京方面は、無視することにした。人家の多い方面に、死体を捨てに行くことは、心理的に、考えられなかったからである。

「白石は、死体を、どうしたんでしょうか？　山中に、穴を掘って、埋めたんでしょうか？　それとも、ただ、人気《ひとけ》のない場所に、捨てたんでしょうか？」

と、西本が、きいた。

「彼は、車の中に、土を掘る道具を入れてはいなかったと思うし、朝早くだから、途中で、シャベルなどを、買うチャンスがあったとも、考えにくい。だから、とにかく、人の気配のない山の中まで運び、そこに、捨てたんだと思うね」

と、十津川は、いった。

それでも、三人で、死体を探すのは、不可能である。

そこで、まず、奥多摩方面の警察署、派出所、交番に依頼して、捜索してもらうことにした。

それで、見つからなければ、神奈川県、埼玉県にも、捜索の範囲を広げなければならないのだが、十津川は、実際問題として、不可能だろうと思った。

時間がないのである。三上部長が許可したのは、三日間で、すでに、最後の三日目に入ろうとしているからだった。

奥多摩の捜索で、死体が見つからなければ、それで、今回の件は、諦めざるを得ないだろうと、十津川は、覚悟していた。

「幸運を祈るより仕方がないな」

と、十津川は、いった。

十津川たちは、捜査一課で、奥多摩地区の警察からの連絡を待ったが、途中から、調布警察署に移動して、待つことにした。

死体が発見されたとき、少しでも早く、現場に、行きたかったからである。

しかし、昼を過ぎても、発見の知らせは、入って来なかった。

日が暮れれば、捜索は、中止である。ただの中止ではなく、それで、この事件の捜査も終わらなければならないのである。

十津川の煙草を吸う回数が多くなり、亀井と西本は、コーヒーを、何杯も、飲んだ。

午後三時を回ったところで、やっと、待っていた報告が入った。

青梅《おうめ》市から、七キロの山あいで、女の死体が発見されたという知らせだった。

十津川たちは、直ちに、現場に向かって、パトカーを、走らせた。

一時間十五分で、現場に到着。

雑木林沿いの細い山道を走ると、左手が、崖《がけ》になっている場所に着いた。

その崖下に、死体が、俯《うつぶ》せに、転がっていたのだ。

崖の上も、下も、雑草が、生《お》い茂っている。

十津川たちは、崖を滑《すべ》り落ちるようにして、下におりた。

死体は、腐乱が激しく、半ば、白骨化していた。

白いセーターに、黒のスカートから、白石の描いた女の死体と、同一人物である可能性が高い。

ただ、顔も、腐敗して崩れていて、沖直美かどうか、判断できなかった。

そのため死体は、解剖と、歯形、血液型などを調べるために、運ばれていった。

そのあと、十津川たち三人は、現場に残って、今度は、白石清の痕跡が残っていないかどうか、調べることにした。

死体が、沖直美とわかっても、白石が、ここに運んだことが証明されなければ、彼の犯行とは、断定できないからである。

「あの日、家に帰った白石の服が、泥だらけだったと、妻の悠子は、証言している。崖の上から、放り投げただけなら、そんなに、汚れるとは思えないね」

と、十津川は、いった。

「とすると、放り投げたとき、彼自身も、崖下に、滑《すべ》り落ちてしまったんじゃありませんか。それなら、服は、泥だらけになりますから」

と、亀井が、いう。

「それなら、崖下に、何か落ちているかもしれないな」

と、十津川は、いい、三人は、深い草むらの中を、探してまわった。

その結果、水彩絵具のチューブが、二つ、見つかった。ピンクと、茶の絵具である。たぶん、白石のジャンパーのポケットに入っていたものが、落ちたのだろう。

ピンクは、さくらの花の色、茶は、さくらの幹を塗るのに、使ったのか。

死体の解剖の結果が、その日の中《うち》に、十津川に、知らされた。

死因は、頸部《けいぶ》圧迫。死体の血液型はB、そして、歯形から、沖直美と、断定された。

この結果を持って、十津川と、亀井は、もう一度、交通刑務所に、長谷川を、訪ねた。

十津川が、今までの捜査について、長谷川に向かって、説明した。

十津川が、話している間、長谷川は、一言も発せず、黙って、きいていた。

十津川は、説明し終わると、

「これで、私たちは、君が、交通事故に見せかけて、白石清を、殺したと断定した。動機は、復讐だ。何か反論があるなら、いってみなさい」

と、いって、長谷川を見た。

長谷川は、小さく溜息をついてから、

「今、僕が、どんな気分でいるか、わかりますか？」

と、十津川に、きいた。

「いや」

と、十津川は、首を横に振った。

「僕は、今、ほっとしているんです」

「――」

「僕は、白石さんが、沖直美を殺したと確信して、彼を、事故に見せかけて、殺しました。彼女の敵《かたき》を取ったという満足感の一方で、ひょっとして、彼女は、まだ、何処かで生きているのではないのかという不安があったんです。もしそうなら、僕は、罪のない人を、殺してしまったことになります。刑事さんが、調べてくれたおかげで、白石さんが彼女を殺した犯人とわかって、ほっとしているんです。僕は、間違っていなかったのだとわかりましたからね。だから、お礼をいいます」

長谷川は、小さく頭を下げた。

十津川は、言葉を失った感じで、亀井と、顔を見合わせてしまった。

処刑のメッセージ

初出＝「小説宝石」一九九九年七月号
収録書籍＝『十津川警部の死闘』光文社文庫　二〇〇二年

1

その文章が画面に出たのは、連休中の五月一日である。

〈来る《きた》五月七日、小坂井《こさかい》ゆきの葬儀が行なわれますので、友人、知人の方々の参列を希望します。

詳細は、また発表します。

友人代表

金田《かねだ》良介《りょうすけ》〉

インターネットのこの文章に注目した人は、はとんどいなかったと思われる。小坂井ゆきという有名人は、いなかったからである。

小坂井ゆかという二十歳の若手女優はいたが、一字違いだし、まだ元気に仕事をしていた。

五月六日になって、二度目の伝言がインターネットにのった。

〈小坂井ゆきの葬儀の詳しい日時が決まりましたのでお知らせします。友人、知人の方の参列を希望します。

日時　五月七日　午後二時から四時

場所　首都《しゅと》高速羽田《はねだ》線

友人代表

金田良介〉

パソコンが趣味の西本刑事が、これに反応した。これをプリントして、七日に持ち込んで、上司の十津川警部に、見せたのである。

「実は、五月一日にも、同じメッセージが、インターネットにのったんです。発信人は、同じ友人代表の金田良介になっていました」

「どこが、おかしいんだ」

と、隣りできいていた亀井刑事が、西本にきく。

「葬儀の場所です。普通なら、寺か自宅でやるでしょう。それなのに、首都高速羽田線になっていますす。高速道路の上で葬儀なんて、普通じゃありませんよ」

「それは、こういうことじゃないかな」

と、十津川が口を挟んで、

「最近、首都高速の羽田線で事故があり、小坂井ゆきという女性が亡くなったんじゃないかな。友人か恋人の金田良介は、首都高速道路公団の管理責任を追及したんじゃないかね。だが、誠意のある回答がなかった。そこで、抗議のために、今日の午後二時から、高速道路の上で、みんなで集まって、葬儀をやろうというんじゃないか。きっと、その金田というのは、若者だと思うね」

「あり得ますね」

「一応、公団に電話で、確かめてみたらいい」

と、十津川はいった。

すぐ、西本は、公団に電話してみた。

「四月下旬だと思うんですが、首都高速の羽田線で、小坂井ゆきという女性が、事故で亡くなっていませんか」

「若い方ですか？」

「たぶん若いと思います」

「調べてみましょう」

と、係員はいった。
十五、六分して、電話回答があった。
「四月下旬に、羽田線で、三台の車が事故を起こし、合計十人の人間が負傷していますが、幸い死者は出ていませんし、その中に、小坂井ゆきという名前はありませんが」

「そうですか」

と、西本はうなずいてから、

「一年前の五月七日に、羽田線で死亡した人はいませんかね？」

と、きいた。

一周忌ということも、考えたからだった。これにも、すぐ返事があった。

「去年の五月七日には、羽田線では、一件の事故も起きておりません」

「何もありません」

と、西本は十津川に報告した。

「じゃあ、インターネットのこのメッセージは、何なんだろう？　単なるいたずらかね？」

十津川は、首をかしげた。

「インターネットを、いたずらに使う者もいますが、それなら、もっとえげつないメッセージにするんじゃないかと思います。有名人が死んだとか、何月何日に大地震が起きるから、逃げろとかです」

「確かに、そうだな」

と、十津川がうなずいたとき、近くの電話が鳴った。

代わりに、傍《そば》にいた亀井が受話器を取った。

「捜査一課ですが、現代《げんだい》プロ？」

「現代プロの原田《はらだ》です。うちのタレントの小坂井ゆかのことで、お電話をいただいて」

と、相手はいう。西本が代わって、

「ああ。そのことでしたら、一字違いでした。こちらの探しているのは、ゆきですから」

「それなんですが、一時、ゆきと名乗っていたことがあったんですよ。小坂井ゆきです。たった一ヵ月ですがね」

「なるほど」

「いい娘《こ》なんですが、なぜか売れなくて、名前をずいぶん変えましたよ。田中《たなか》やよい、出口《いでぐち》はるみ、そして、小坂井ゆきです。ところが、一ヵ月したとき、姓名判断の専門家が、これはよくない、小坂井なら、ゆきではなく、ゆかにすべきだというので、すぐ、ゆかに変えたんですよ。ゆきが一カ月しかなかったので、つい忘れていました。申し訳ありません」

と、原田はいう。

「それで、小坂井ゆかさんは、今、何処《どこ》にいるんです？」

と、西本はきいた。

「二日前から、沖縄に営業に行っていまして、今日、帰ってくることになっています」

「もちろん、飛行機で？」

「ええ。飛行機で」

「羽田着は、何時ですか？」

「たしか一四時三〇分着のＪＡＬ９０２便のはずです」

西本の頭に閃《ひらめ》くものがあった。

「彼女と、連絡がとれますか？」

「迎えに行ったものが、携帯を持っていますから、連絡はとれると思いますが」

「車で、迎えに行った？」

「ええ」

「すぐ連絡して、車で帰らず、モノレールで帰るようにいってください」

「なぜですか？　いつも、車で帰ってくることになっているんですが」

「わけはいえません。とにかく、モノレールを使うようにいってください。早くしてください」

と、西本はいった。

「とにかく、連絡はしてみますが」

「その結果を、すぐ教えてください」

と、西本はいった。

電話を切って、壁の時計に眼をやった。

（時間がない！）

五分して、原田から電話が入った。

「連絡がとれません。もう、迎えの車に乗ってしまったんだと思います。うちでは、前に、携帯をかけていて、事故を起こしたことがあるので、それ以来、車を運転しているとき、携帯はオフにしておけと、いってあるのです」

「何とか、連絡をとれませんか?」

「無理です」

（参ったね）

と、思った。

もし、インターネットのあのメッセージが、「小坂井ゆき（ゆか）を殺す」ということだとしたら、もう間に合わない。

メッセージは、こう記していた。

日時　五月七日　午後二時から四時
場所　首都高速羽田線

今日、小坂井ゆき（ゆか）は、一四時三〇分（午後二時三十分）着の飛行機で、羽田に着くといっている。

事務所の迎えの車は、すでに、空港に着いているだろう。

その車に乗って、首都高速の羽田線に入れば、ちょうど、インターネットのメッセージにあった午後二時から四時の間になるではないか。

あのメッセージは、その時間の中で、首都高速羽田線を、彼女の墓場にするぞという宣言ではないのか?

西本が、そのことを十津川に話すと、十津川はすぐ反応した。

「彼女が乗った車の車種とナンバーをきいて、すぐ都内のパトカーに伝えて、見つけ次第、保護するように指示するんだ」

と、十津川はいった。

2

そのとき、タレントの小坂井ゆか（ゆき）を乗せた日産《にっさん》シーマは、プロダクションの若い社員の運転で、首都高速羽田線を都心に向かっていた。

渋滞のため、時速二〇キロぐらいでゆっくり走った。

突然、一発の銃声がひびいた。続いてもう一発。

小坂井ゆき（ゆか）の乗ったシルバーメタリックの日産シーマは横転し、後続の車が衝突し、シーマは燃えあがった。

一台、二台とパトカーが駆けつけ、警官が、備え付けの消火器を持って、飛びおりた。

一斉に、消火剤が炎上する車に向かって注がれたが、なかなか炎は消えなかった。

消防車もけたたましいサイレンをひびかせて、姿を見せたが、他の車が邪魔になって近づけない。

やっと消防車の放水が始まると、炎は、たちまち勢いを失って、消えていった。

だが、そこに現われたのは、焼けただれた無残な車の姿だった。

警官は、車内で、男一人と女一人が、死んでいるのを確認した。

男は運転席で死んでおり、女性のほうはリアシートで亡くなっていた。

二人とも焼けただれていたが、顔だちは判別できた。

警官の一人が、西本刑事に報告した。

「問題の車が、首都高速で炎上して、発見されました。やっと消火しましたが、車内の二人は亡くなりました」

「死体は、小坂井ゆかとプロダクションの人間か？」

「わかりませんが、男も女も、二十代に見えます」

「事故の原因は？」

「今、調査中ですが、銃声がきこえたという証言もあります」

「銃声？」

「はい。確証はありませんが」

「わかった」

　西本はうなずいて電話を切ると、すぐ、十津川に報告した。

「銃声か」

　と、十津川は、やはりそれを問題にした。

「首都高速の近くのビルから射たれたのではないかと、疑われますが、それも調べないとわかりません」

　と、西本はいった。

「司法解剖の結果もみないとな」

　と、十津川はいった。

　焼けた車体は、西蒲田《にしかまた》警察署に運ばれ、二つの死体は、司法解剖のために、K大病院に送られた。

　司法解剖の結果が出たのは、翌八日の朝である。

　男の胸部から、ライフルの弾丸が摘出された。その弾丸の射入孔《しゃにゅうこう》の位置から見て、左前方から狙撃されたものであろうと思われた。

　男の死因は、弾丸が心臓近くまで達したことによるショック死と、報告書には書かれていた。

　女のほうには、弾丸は命中していなかった。頭部に強い打撲傷があった。これは車が横転したときに、受けた傷であろうと思われた。たぶんその際、気を失い、続いて、車には火災が発生し、彼女は焼死したに違いない。

　正確な死因は、窒息死である。

　また、焼け焦《こ》げた車体を詳しく調べた結果、もう一発の弾丸が運転席から見つかった。

これで、二発の弾丸が、この車に向かって射ち込まれたことが、明らかになった。

車のガラスは、熱のために粉々に割れてしまっていたが、破片を集めて検証すると、弾丸が射ち込まれた部分がわかった。

二発の弾丸は、運転席のフロントガラスを突き破って、一発が運転手の胸部に命中し、もう一発は外れて、運転席の床に落ちたと見られる。

十津川は、亀井や西本と、狙撃された場所を見に行った。

首都高速がゆるくカーブしている場所だった。その場所に七階建てのＭＫビルがあった。他にもビルがいくつかあったが、角度から見て、犯人は、そのＭＫビルから狙撃したものと、考えられた。

ちょうどそのビル四階が、高速道路と同じ高さだった。

射殺された運転手の胸に射ち込まれた弾丸の角度から見ると、七階の屋上に、犯人はいたのではないか。

十津川たちは、そのビルを訪ねた。

典型的な雑居ビルだった。ラーメン店、喫茶店、クラブ、バー、麻雀店などが、雑然と同居している。

小さなエレベーターは、二基ついていた。

一階には、別に受付があるわけではなく、誰にも咎《とが》められずに、三人はエレベーターに乗り、七階へあがった。

屋上へは、階段をあがって行く。

そこからは、首都高速を見下ろすことができた。

今日も、首都高速は渋滞し、のろのろ運転をしている。昨日、日産シーマが狙撃され、横転、炎上したあたりは、道路が黒く焦げていた。

十津川たちは、手すりの間から、車を狙ってみた。

時速二十キロぐらいで走ってくる車は、ここから狙い易《やす》い。

「犯人は、少なくとも二人いたと思うね。一人は、ここでライフルを構えている。もう一人は、羽田空港で、小坂井ゆかが到着するのを確認し、どの車に乗り、何時何分に空港を離れたかを、携帯で、ここにいる人間に知らせたんだと思う」

「犯人は、二発しか射っていませんが、二発で、仕留《し》《と》めるつもりだったんでしょうか？　これは、犯人が使ったライフルの性能にも関係してきますが」

亀井が、道路に眼をやりながらきく。

「二連銃か、連発銃かということか？」

「そうです」

「しかし、小坂井ゆかには、命中していないんだ」

「まず、運転手を射って、車をとめるつもりだったと思います。だから、運転席めがけて、二発射った」

「とすると、小坂井ゆかは、車から逃げ出すことも考えられる。犯人がその場合も想定していたとすれば、二連銃じゃなくて、連発銃を用意していたと思うね。昨日は、たまたま車が横転し、炎上して、三発目を射つ必要はなくなったが」

「警部が考えられているのは、アメリカのM16とか、ロシアのカラシニコフといったような自動小銃ですか？」

「まあ、そんなところだ。それに、スコープを取りつけたものを、犯人は、使用したんじゃないかね」

「薬莢《やっきょう》は、見つかりませんね」

と、西本がいった。

「犯人が、持ち去ったんだろう。落ち着いた犯人だよ」

と、十津川はいった。

「車が炎上したということは、犯人は、火葬にしたような気分だったんじゃありませんかね」

亀井が、いう。

「火葬か」

十津川が呟《つぶや》く。犯人は、このビルの屋上から、炎上する車をどんな気持ちで見ていたのだろう？

犯人は、「葬儀」という言葉を使っている。殺すとはいっていない。

とすれば、亀井のいうように、女を乗せたまま炎上する車は、文字どおり華《はな》やかな「葬儀」に見えただろう。

「インターネットに、あのメッセージをのせた金田良介という男が、何者かわかったのか？」

と、十津川は西本にきいた。

「インターネットに登録している金田良介という男は、わかりました。三十歳のフリーのカメラマンで、住所は練馬区石神井のマンションです。ところがこの男は、今、パリで写真を撮《と》っています。出版社の編集者と一緒です」

「しかし、パリからだって、アクセスすることは可能だろう？」

「可能ですが、射殺することはできません」

と、西本はいった。

「間違いなく、パリにいるのか？」

と、亀井がきいた。

「今朝、国際電話をかけて、確かめました。今日の午前七時には、彼はパリにいました。飛行機で十五時間近くかかり、適当な便もありませんので、昨日の午後三時十二分に首都高速で、車を狙撃することは、絶対に不可能です」

「とすると、誰かが彼の名前を使って、インターネットにメッセージをのせ、ここで、小坂井ゆかの乗った車を狙撃したということになるのかね？」

「犯人は、金田良介のパスワードを知っていて、それを使って、インターネットにアクセスし、メッセージをのせたんだと思います」

「じゃあ、金田良介の周辺にいる人間ということになってくるね」

と、亀井がいう。

「それと金田良介というのは本名じゃないんです。本名で登録する必要はないので、芸名でも愛称でも構わないんです」

「じゃあ、金田良介の本名は？」

「仁木悠介《にきゆうすけ》です」

「何か、ごちゃごちゃしているな。仁木は、なぜ、金田という名前を使ってインターネットを使っていたんだ？」

「電話できいたところだと、たまたまインターネットに登録するとき、その名前にしただけだといっていました」

「その名前を、犯人は、たまたま使ったということになるのかね」

亀井が、憮然《ぶぜん》とした顔でいう。

「自分の素性を隠すためだと思いますが」

「仁木悠介は、いつ、日本に帰ってくるんだ？」

と、十津川がきいた。

「五月十日過ぎに、帰国すると、いっていました」

「帰国したら、ぜひ会いたいね」

3

捜査会議では、被害者の小坂井ゆかのことが主題になった。

犯人は、金田良介の名前で、インターネットにメッセージをのせたが、本人ではなかった。今のところ身元不明である。

そうなると、被害者の小坂井ゆかのほうから、事件を追っていくより仕方がない。

彼女の写真をプロダクションから取り寄せた。

略歴も、わかった。

〈石川県金沢《かなざわ》市生まれ。二十歳。
本名、石黒《いしぐろ》きくえ。一六〇センチ、五〇キロ　血液型Ａ　現在、現代プロダクションに所属するタレント。テレビのドラマに出演している。
芸名は、何回か変えているが、問題の小坂井ゆきとなったのは、去年の二月十日である。そのあと、姓名判断の大家の指摘で、三月十五日に、小坂井ゆかに改名している。
従って、小坂井ゆきだったのは、去年の二月十日から三月十五日までの一カ月余だけである〉

「犯人は、小坂井ゆきとして、彼女を殺している。とすると、この一カ月余の間に、何か、彼女を殺したいようなことがあったと見るのが、妥当だと思います」

と、十津川は自分の考えを説明した。

「最近でも、犯人は、彼女のことを小坂井ゆかではなく、ゆきと思い込んでいたということも考えられるんじゃないかね？」

三上本部長がいう。

「そうかもしれません。あるいは、厳密に区別しているのかもしれません」

「区別するというのは、どういうことなんだ？」

「犯人は、潔癖な人間で、自分が殺すのは、小坂井ゆきであって、小坂井ゆかではないと、区別しているのかもしれないということですが」

「しかし、結局のところ同一人物だろう？」

「そうです。普通の人間なら、小坂井ゆきでも、ゆかでも構わない。彼女を殺せばいいんだと、考えると思います。しかし、潔癖な犯人なら、今の小坂井ゆかには、恨《うら》みはない。小坂井ゆきと名乗っていたときの女に恨みがあると、いうんじゃありませんか」

と、十津川はいった。

「今回の犯人が潔癖だと、どうしてわかるのかね？」

「犯人は、インターネットに、二回もメッセージをのせています。それも、葬儀の通知といった、確信犯のメッセージです。そんな犯人が、小坂井ゆきと小坂井ゆかを、どっちでもいいだろうという感じで、あいまいに書くとは思えないのです。私は、犯人は、厳密に小坂井ゆきとゆかを区別して、メッセージを送ったものと、考えるのです」

「つまり殺したのは、小坂井ゆかではなくて、小坂井ゆきだというわけだね？」

「そうです」

「頑固《がんこ》な男だ」

「犯人がでしょう」

「犯人もだが、君もだよ」

と、三上は苦笑している。

「とすると、君は、一カ月余の小坂井ゆきの間に、今回の動機が隠されていると思っているんだな」

本多《ほんだ》一課長が、補足するようにいった。

「そうです。その線で、捜査を進めたいと考えています」

と、十津川はいった。

会議の翌日、十津川は、小坂井ゆき（ゆか）の所属していた現代プロダクションに亀井と二人で出かけた。

プロダクションでは、小坂井ゆき（ゆか）と社員一人を同時に失い、それも、殺されたということで、てんてこ舞いの最中だった。

マスコミが押しかけて来て、彼女が殺された理由について、質問攻めにあっていた。それに対して、社長はひたすら、

「わかりません。まったくわからずに困惑しています。すべてを、警察の捜査にお委《まか》せしています」

と、繰り返すだけだった。

十津川と亀井は、マスコミが引き揚《あ》げてから、社長と彼女のマネージャーに会った。

マネージャーの原田は、他のタレントのマネージャーも兼ねていて、一足先に、沖縄から帰っていたので、助かったのだという。

十津川と亀井は、その原田に会うと、

「彼女が、小坂井ゆきを名乗っていた時期に、何か事件が起きていないかを知りたいんです」

と、いった。

「去年の二月十日から、三月十五日の間ですね」

「そうです。彼女のことで、トラブルが、起きたということはありませんか?」

「トラブルですか」

「それが、今回の事件に、つながっていると思うのです」

「まだ、十九歳のときですねえ」

と原田は宙に眼をやり、何かを思い出そうとしているようだったが、

「あのころは、まだ、彼女が売れてなくて、生意気で、よく問題を起こしていたんですよ。それで、姓名判断の大家にいわれて、すぐ名前を変えさせたんです。おかげで、かなり売れるようになったんですが」

「よく、問題を起こしていたんですか」

「とにかく生意気で、マネージャーとしては、いつもハラハラしていましたよ。やっと、テレビ出演が決まったのに、テレビ局のプロデューサーとケンカしてしまったり、有名タレントに挨拶《あいさつ》を忘れたりしましてね」

「それを、全部、話してください」

と、十津川はいった。

原田が、思い出しながら喋《しゃべ》り出した。

十津川と亀井は、じっときいていた。

テレビ局で失敗をして、番組をおろされたといった話は除外した。

なぜなら、彼女は、そのときに罰を受けているので、そのために、誰かの恨みを買うということはないだろうと、思ったからである。

従って、似たような話は、すべて除外した。

「もうありませんね。何しろ、一ヵ月余りの短い期間ですから」

と、原田がいった。

「写真を見たんですが、なかなか魅力的な女性ですね」

と、十津川がいった。

「そうです。妙な色気があって、男のファンが多いタレントでした」

「そのころ、特に熱烈なファンは、いませんでしたか？　ストーカーに近いような」

と、十津川はきいた。

「ストーカーですか」

「ストーカーめいたです」

「彼女には、無名のころから、熱心な男のファンがいましたねえ」

「問題を、起こしたことは？」

と、亀井がきいた。

「小坂井ゆさのころですね」

「そうです」

「そういえば、ごたごたしたことがありましてね。あれは、去年の、まだ寒いときだったから、二月ごろだったかもしれません」

「どんなことですか？」

「彼女のファンだという男がいましてね。彼女にまとわりついた。十九歳の彼女に結婚を迫ったんです。これは、彼女の話ですが、深夜、突然、その男から電話が掛かってきて、今、君のマンションの前にいるから、会いに出て来てくれとか、早朝、ジョギングをしていると、ずっと彼女のあとについて、同じようにジョギングしているというんです」

「それで、どうなったんですか?」

「うちとしては、一応、警察に話したんですが、取りあってくれませんでした。そいつは、一度も暴力的な行動に出て来ないんですよ。だから、警察としては、どうしようもないといわれて」

「どうやって、解決したんですか?」

と、十津川はきいた。

とたんに、原田は、困惑した顔になって、

「いわなければ、いけませんか」

「ぜひ、話してください」

「元、うちのタレントで、現在、N組に入っている男がいるんです」

「暴力団のN組?」

「そうです。僕はやめろといったんですが、彼女が、その男に頼んだんですよ。柏原《かしわばら》という男なんですが、彼が相手を呼び出して、叩きのめしたんです」

「そのあとは、どうなったんですか?」

「ストーカー男は、それっきり彼女の前に現われませんでした」

「柏原という男のほうは、どうなりました?」

「小坂井ゆかが、会社に五十万円貸してくれといってきましてね。それを礼金として、柏原に払ったらしいです。その後、柏原は傷害事件を起こして、刑務所に入ったと、きいていますが――」

「ストーカー男のほうですが、名前はわかりますか?」

と、十津川はきいた。

「彼女は、片桐努《かたぎりつとむ》と名乗っていると、いっていましたが、本名かどうかわかりません」

と、原田はいう。

「会ったことは、ないんですか?」

「一度だけあります」

「そのとき、何か話をしましたか？」

「ええ。彼女の本当のファンなら、彼女の迷惑になるようなことはしなさんなといったんです」

「そうしたら、相手は？」

「黙っていましたね。ちょっと、気持ちが悪かったですね」

　と、原田はいう。

「いくつぐらいの男でした？」

「あのとき、二十五、六歳に見えましたね」

「どんな感じでした？　ヤサ男？　それとも、スポーツマンタイプ？」

「背のひょろりと高く青白い、いかにも神経質そうな男でしたよ。あれでは、柏原の前ではひとたまりもなかったでしょう。尻尾《しっぽ》を巻いて逃げ出したのも、わかりますね」

「片桐努と名乗っていたんですね？」

「彼女には、そういっていたようです」

「彼について、何かわかっていることは、ありませんか？　どんなことでもいいんですが」

　と、十津川はいった。

「彼女には、国立大卒業で、M銀行に勤めていると、いっていたそうです。父親はそこの副頭取。嘘《うそ》でしょうがね」

　原田が、苦笑する。

「その後、まったく、彼女に対するストーカー行為は、なかったんですね？」

「似たようなファンはいましたが、その男は、まったくしていません」

　と、いった。

　十津川と亀井は、その足で新宿にあるN組の本部に行き、組長の三浦《みうら》に会った。

「おたくの組員の柏原という男のことをききたい。今、どうしていますか？」

と、十津川はきいた。

「柏原なら、もううちの組員じゃありませんよ」

と、三浦はいう。

「破門しましたからね」

「いつだ?」

と、亀井がきいた。

「去年の四月だったかな。私は、組員同士の争いは禁止している。それなのに、酔ってケンカをして、負傷させてしまった。だから、破門したんだ」

「警察に、逮捕されたんじゃないのか?」

「ああ。一年の刑を受けて、刑務所《ムシヨ》に放り込まれた。そのあとのことは知らん」

と、三浦はいった。

「一年なら、ちょうど、出て来たころですよ」

と、亀井は十津川にいった。

「何処《どこ》の刑務所です?」

と、十津川は三浦にきいた。

「たしか、府中だと思ったが、あんな男に何の用があるんです?」

三浦は、不思議そうに十津川にきく。

「ひょっとすると、殺されるかもしれないんですよ」

十津川がいうと、三浦は笑った。

「放っておけばいい。ああいう男は、殺されても自業自得《じごうじとく》だ」

「そうもいかないんですよ」

と、十津川はいった。

4

十津川は、パトカーに戻ると、府中刑務所に電話を掛けた。

「そちらに、柏原勇《いさむ》という男が入っていると、思うんですが」

「その男なら、四月二十日に、出所しています」

と、担当がいう。

「今、何処にいるか、わかりますか、調布市内の妹の住所は、わかりますか?」

「こちらに届けている住所は、調布市下石原《しもいしはら》三丁目のマンションです。妹の名前は、みさと。調布市下石原三丁目のマンションです」

「彼の写真は、そちらにありますか?」

「ありますが」

「あとで、貰いに行かせます」

と、十津川はいった。

西本刑事に連絡して、すぐ、府中刑務所に行かせておいてから、十津川と亀井は、パトカーで調布市に向かった。

京王《けいおう》線の調布駅から、歩いて十二分ほどの所にあるマンションだった。

その三〇五号室に「柏原」とあった。

インターホンを鳴らすと、二十二、三の女が、顔を出した。

十津川は、警察手帳を示してから、

「柏原みさとさんですね?」

「ええ」

「お兄さんに、会いたいんですが」

と、いうと、彼女は、きっとした眼になって、

「兄はもう、ちゃんと刑期を了《お》えて、出て来たんです」

「わかっています。お兄さんが前に働いていた現代プロダクションのことをおききしたいんですよ」

十津川が笑顔でいうと、みさとは、ほっとした顔になった。

「兄は、今、おりませんけど」

「いつ、戻って来ます?」

「わかりません」

「なぜ、わからないのかね?」

と、亀井が咎めるようにきいた。

「今、旅行に出ているんです」

と、みさとはいう。

「行き先は、何処ですか?」

と、十津川がきいた。

「わかりません。しばらく、旅行へ出たいといって、出かけたんです。いろいろと考えたいことがあるんだと思います。だから、行き先も、いつ帰ってくるかも、わからないんです」

「お兄さんに、連絡する方法はないんですか? 携帯電話は持っていないんですか?」

「持っていません。ですから、こちらから、連絡する方法はないんです」

「お金は、どのくらい持っています? 刑務所から出たばかりだから、多額な金は、持っていないと思いますが」

「わかりません」

「いつ、出かけたんですか?」

「四月三十日ですけど」

「じゃあ、もう一週間以上、帰ってないんだ」

「ええ」

「小坂井ゆかさんのことを、何かいっていませんでしたか?」

と、十津川はきいた。

「その人、この間、殺されたタレントさんじゃないんですか」

みさとが、眉をひそめて、いった。

「お兄さんとは、現代プロの時代の仲間です」

「まさか、兄が、犯人だと、思っていらっしゃるんじゃあ――」

「そんなことは、考えていません。ひょっとして、お兄さんが犯人を知っているかもしれないと思って、伺《うかが》ったんです」

「どうしてでしょう? 兄は、ずいぶん前に、現代プロを辞めていたはずですわ」

「それも、承知していますが、どうしても、お兄さんにお会いしたいのですよ」

「兄が、何かするかもしれないんですか？」

「いや、逆です。お兄さんが危ないのですよ」

「小坂井ゆかさんみたいに、殺されるかもしれないんですか？」

「その恐れがあります」

「でも、連絡がとれません。どうしたら、いいんでしょうか？」

　みさとが、顔色を変えてきく。

「四月三十日に出かけてから、一度もお兄さんから連絡はないんですか？」

「ありません」

「もし、電話があったら、私に連絡するようにいってください」

　十津川は、捜査本部の電話と彼自身の携帯の番号を、みさとに教えた。

5

　翌日、午前九時になるのを待って、十津川は、M銀行本店に電話を掛けた。

「おたくの行員の中に、片桐努という名前の人間はいませんか？　父親は副頭取だといっているんですが」

　と、十津川がいうと、

「すぐ調べて、ご返事します」

　と、秘書課の人間が答えた。

　一時間後に、電話があった。

「行員の中に、片桐という男は三人いますが、努という名前の者はおりません。それから、私どもに、片桐という副頭取はおりません」

「去年の二月ごろにも、いらっしゃいませんでしたか？」

と、十津川は念を押した。

「創業以来、片桐という副頭取はおりません。何かのお間違いではないかと思いますが」

と、相手はいった。

亀井が、十津川に向かって、

「やはり、嘘でしたね」

「そうだな」

「女に対して、見栄《みえ》を張っていたんだと思いますよ」

と、亀井はいった。

死体と、車の中から見つかった二発の弾丸から、犯人の使用した銃の種類がわかってきた。

最初、世界で多数使われているアメリカのM16か、ロシアのAK74ではないかと思っていたのだが、アメリカの狙撃銃、M24SWSらしいとなってきた。

この銃は、アメリカで、陸軍や警察が使用している狙撃銃で、口径七・六二ミリ、装弾数は五発プラス一発。有効射程七〇〇メートルである。

優秀な狙撃銃で、十倍率の狙撃スコープをつけることができ、三〇〇メートルの距離から、半径五センチの円に命中させることが、可能だという。

沖縄のアメリカ軍基地なら、置いてあるだろうという話だった。

そこから、流出したものだろうか？

「犯人は、沖縄基地のアメリカ兵と、親しい人間なのかな？」

十津川は、考え込んだ。

どうも、犯人像がぼやけてしまったと思う。

去年の二月ごろ、当時、小坂井ゆきと名乗っていたタレントにストーカー行為を働いていた男を、犯人だと推理した。

現代プロの原田によれば、その男は、ひょろりと背が高く、神経質な感じで、N組の組員、柏原に痛めつけられて逃げ出したという。

そんな男と、アメリカの狙撃銃で、小坂井ゆき(ゆか)の乗った車を狙い、運転していた男もろとも殺した犯人とは、なかなか重なって来ないのである。

しかも、インターネットにのせたメッセージで、堂々と殺人予告をしておいて、殺したのだ。

ストーカーの男も、追いかける女を殺すことがある。そんな事件が何件か起きているのは、十津川も知っている。

だが、ほとんど、かっとして、殺人に走るケースである。刹那的《せつなてき》なのだ。

ところが、今回の犯人は感じが違う。

「犯人像が、ぼやけてしまったよ」

と、十津川は亀井にいった。

「仁木悠介が、パリから帰ってくるのを待って、話をきくしかありませんね」

と、亀井はいった。

金田良介の名前で、インターネットに登録している男である。

犯人は、彼のインターネット上の名前、金田良介を使って、殺人予告をした。とすれば、犯人は、彼の近くにいる人間だということが考えられるのだ。

西本が、もう一度、パリの仁木悠介に連絡を取ったところ、二、三日中に帰国するという。

「正確な成田着の日時がわかったら、教えてください。空港へ迎えに行きます」

と、西本はいった。

「本当に、僕が、誰かに狙われているんですか?」

と、仁木は、電話の向こうからきいた。語調で、半信半疑《はんしんはんぎ》なのがわかる。

「その恐れが、十分にあります」

と、西本はいった。

三日後に、成田着の時間がわかった。十津川たちは、成田に迎えに行った。

　仁木の写真は、彼の両親から貰っていた。それを持っての出迎えである。仁木が犯人に狙われる恐れがあるので、十津川たちは拳銃を所持して行った。

　しかし、何事もなく、仁木を見つけることができた。

　十津川たちは、彼をすぐパトカーに案内し、捜査本部に同行してもらった。着いてから、改めて、十津川は、仁木から話をきいた。

「あなたの金田良介という登録名を使って、インターネットにメッセージをのせた人間がいるのです」

　十津川は、そのコピーを相手に見せた。

　仁木は、それを見てから、

「西本刑事にきいたんですが、この小坂井ゆきさんは、本当に殺されたんですか？」

「殺されました。首都高速でね。それで、この男に心当たりはないか、伺《うかが》いたいのですよ」

　と、十津川はいった。

「金田良介という名前は、僕のペンネームみたいなものですからねえ。それを使った男に、心当たりといわれても」

「インターネット上で、知り合った人は何人もいるんでしょう？」

「たくさんいますよ」

「その中で、あなたの本名を知っている人は、どのくらいいるんですか？」

　と、十津川はきいた。

「そうなると、そんなにたくさんいませんね。その人たちは、インターネットの上だけでなく、実際に会って、食べたり、飲んだりしていますから」

「リストを作ってくれませんか。その人たちの」

　と、十津川はいった。

「リストなら、持っています」

　仁木は手帳を取り出し、その中のアドレス帳の部分を十津川に見せた。

「その中の丸印が、インターネットを通じて知り合い、交際が深くなった友人です」

その数は、十一人だった。

この中に、犯人がいるのだろうか。

「日本全国に、散らばっていますね」

十津川がいうと、仁木は微笑して、

「それが、インターネットのいいところですよ。そこには書いてありませんが、アメリカにも友人がいますよ」

「なるほど」

と、うなずいて、十津川は、十一人の住所と名前を見ていったが、

「この、沖縄の林卓一《はやしたくいち》という人は、どういう人ですか？」

と、きいた。

「気持ちのいい若者ですよ。逞《たくま》しくて、頭も良くて。沖縄の基地問題について、話をききに行ったり、一緒に沖縄の海にもぐって、写真を撮ったりしました」

と、仁木はいう。

「つまり、何回も会ったということですか？」

「ええ。五、六回以上、会ってますね」

「彼は、何をしているんですか？ 沖縄で」

「嘉手納《かでな》基地で働いていますよ。英語も達者でね。おかげで、米軍基地の写真を、かなり撮らせてもらいました」

「アメリカ兵と、仲がいいということですね」

「ええ。兵隊の間でも人気者でした」

「何歳くらいの男ですか？」

十津川がきくと、仁木は、「ちょっと待ってください」といった。

「林君が、僕の名前を使って、妙なメッセージをインターネットに、のせたというんですか？」

「その可能性が、強いと思っています」

「なぜです。このリストの十一人の中の一人でしょう？　なぜ、彼が疑われるんですか？」

仁木が、当然の質問をぶつけてきた。

「今回の犯人は、首都高速で小坂井ゆかを狙撃しています」

「それは、知っていますが――」

「使われたライフルが、M24SWSという特殊な狙撃銃と思われるのです。暴力団でも持っていなくて、アメリカ陸軍かアメリカの警察が、持っている銃なのです」

「それで、沖縄の林君が、疑われたわけですか？」

仁木が、きく。

「彼は、嘉手納基地で働いているわけでしょう？　アメリカ兵とも仲がいい。となれば、そのM24SWSを、手に入れるチャンスはあるわけです。他の十人の住所を見ると、アメリカ軍と接触するチャンスは、ありそうもありませんからね」

「しかし、そんなことをやるような青年には見えませんがねえ」

と、仁木はいう。

「彼について、話してください」

と、亀井がいった。

「今もいったように、いい青年ですよ。明るくて逞しい。基地内のジムに入っていて、アメリカ兵と一緒に、ボクシングの練習をしたりしています」

「逞しくて、ボクシングの練習ですか」

と、十津川は呟いた。

現代プロの話では、ストーカーの片桐という男は、青白くて、神経質そうに見えたという。

この二人が、同じ人物だろうか。

一年間余りで、逞しく変わったのか。

「彼の写真は、持っていますか？」

「沖縄へ取材に行ったとき、一緒に撮っています。

自宅マンションにあると思いますよ」

「じゃあ、取りに行きましょう」

　と、十津川はいった。

　亀井も同行するというと、仁木は、

「僕が、危ないんですか？」

「犯人は、あなたの知っている人間であることは、間違いないんです。それに、今もいったように、銃を持っています。顔を知ってるあなたを消そうとするはずです」

　と、十津川はいった。

「しかし、林君は、そんな男には見えませんがねえ」

「人間の心の奥までは、見えないものですよ」

　と、十津川はいった。

　パトカーに乗せ、練馬区石神井にある仁木のマンションに向かった。

　五階にある部屋で、仁木から問題の写真を見せてもらった。

　三人の男たちが、写っていた。その中央が仁木本人である。

「僕の右隣りが林君です。左隣りは彼の友人で、同じく嘉手納基地で働く佐藤《さとう》君で、これは嘉手納取材のときです」

　三人ともＴシャツ姿で逞しく陽焼けしている。

　十津川は、写真の中の、林という青年を見すえた。

　たしかに、逞しい青年だ。

　これが、犯人なのだろうか？

「青白い、神経質そうな男という印象は、まったく、ありませんね」

　と、亀井がいった。

「一見、別人のように見えるが――」

「一年間で、変身しましたかね？」

「ストーカー男だが、ヤクザの柏原に、めちゃくちャに痛めつけられた。そのまま姿を消したわけだが、復讐を誓って、沖縄に行き、自分を鍛えたのかもしれないな」

「しかし、簡単には、アメリカ軍の基地では、働けないでしょう？」

「たぶんこの友人というのが、基地で働いていて、彼の紹介で入ったんだろう」

「アメリカ軍の基地で働くようになったのは、やはり凶器を手に入れるためですか？」

「ヤクザの柏原に痛めつけられて、腕力ではかなわないと、悟ったんだと思う。沖縄へ行って、身体を鍛えたが、一年ぐらいでは柏原に勝てる身体にはならない。どうしても、武器が必要だったろうね」

「ここにある住所は、間違いないんですか？」

と、亀井が仁木にきいた。

「間違いありませんが、連絡なら、インターネットでできますよ」

「いや、連絡は私のほうでやるから、彼には黙っていてください」

と、十津川はいった。

その日のうちに、十津川と亀井は、沖縄に向かった。

那覇《なは》空港には、連絡しておいた沖縄県警の、二人の刑事が迎えに来てくれていた。

その一人、玉城《たましろ》という刑事が、パトカーの中で、十津川たちに向かって、

「たしかに、嘉手納基地に、林と佐藤という日本人従業員が働いています。佐藤のほうは地元の青年で、前から基地で働いていました。林のほうは、彼の親戚で、東京にいたが、一年前に佐藤を頼ってやって来て、彼の紹介で嘉手納基地で働くようになったということです」

「やはり、東京の人間ですか」

十津川が、うなずく。

「林ですが、まじめで、英語ができるので、基地の兵隊と仲良くなって、一緒に飲んだりしているそうです」

「それで、Ｍ24ＳＷＳという狙撃銃ですが」

と、十津川はいった。

「嘉手納基地へ行って、きいてみました。軍の機密だということで、なかなか教えてくれませんでしたが、東京でこの狙撃銃を使って、殺人があったというと、やっと、基地にこのＭ24ＳＷＳという狙撃銃があることを認めました」

と、玉城がいう。

「その銃が、盗まれたことは？」

十津川がきく。

「それも、なかなか認めませんでしたよ。それで、県警本部長から電話してもらったんです。日本本土で起きた殺人事件の解決に、米軍は協力してくれないのかといってです」

「それで、協力してくれたんですか？」

「五月五日に、Ｍ24ＳＷＳ一丁と弾丸一ダースが盗まれたことがわかり、今、捜査中だと認めました」

と、玉城はいう。

「これから、林卓一の住んでいるマンションに、ご案内します」

と、もう一人の、伊知地《いちじ》という刑事がいった。

那覇市内の外れ、嘉手納基地に近い場所に、そのマンションはあった。

雨が降り出した。もう沖縄は、梅雨《つゆ》なのだ。陽《ひ》が暮れてきた。当然、もう基地から帰っている時間なのだが、林はいなかった。

管理人にきくと、

「林さんは、ここ一週間、帰っていませんよ」

と、いう。

「このマンションには、佐藤正彰《まさあき》という男も、住んでいるはずなんだが？」

と、玉城が管理人にきいた。

「ええ。佐藤さんも、同じように、一週間前から帰っていませんよ」

と、管理人はいった。

十津川は、管理人に、

「林卓一の部屋を、開けてもらえませんか」

「いいんですか？」

と、玉城が十津川をじろりと見て、

「林が犯人でないと、不法侵入になりますよ」

「わかっていますが、事は急を要するんです。林が犯人なら、次に柏原を狙いますから」

と、十津川はいった。

彼の責任で、管理人に頼んだ。

林の部屋が開けられた。１Ｋの部屋である。

簡易ベッドが、ポツンと置かれている。ボクシングのグローブが壁に下がり、鉄アレイが部屋の隅《すみ》にあった。

必死になって、身体を鍛えたのだろうか。

壁に、小坂井ゆき（ゆか）の大きなポスターが、貼ってあった。

その顔の部分に、赤で×印が描かれていた。

それと、部屋と不釣り合いなパソコンが一台。

十津川と亀井の二人は、なおも六畳の部屋の中を調べてまわった。

壁に、数字が書きつけてあるのを、見つけた。

０３―３５３２―×××

どうやら、東京の電話番号のようだった。

十津川は、部屋の電話を使って、その番号にかけてみた。

「八木《やぎ》探偵事務所ですが」

という男の声が、きこえた。

「こちらは、沖縄の林ですが」

と、十津川がいうと、

「調査報告書は、もう送ったはずですがね」

と、相手はいった。

「実は、私は警視庁捜査一課の十津川という者だ」

と、わざと威圧的にいった。

一瞬、相手が黙ってしまう。

「これは、殺人事件の捜査なんだ。協力してもらいたい」

「どんなことですか？」

と、相手は声を低くしてきく。

「林卓一から、何を頼まれたんだ？」

「ある人間の調査ですよ」

「小坂井ゆかの調査か？」

「違いますよ」

「じゃあ、誰のだ？」

「依頼主の秘密については、喋れないんですがねえ」

と、相手はいう。

「ヤクザの柏原のことか？」

「――」

「その柏原が、狙われてるんだ。もし殺されたら、あんたの責任になるぞ」

と、十津川は脅した。

「わかりました。府中刑務所に入っている柏原というヤクザが、近々、出所するので、出所したあとの行動を調べてくれと、頼まれたんですよ」

「それで、どんな報告書を、林に送ったんだ？」

「出所したあと、柏原を、ずっと尾行しましたよ。柏原は、いったん妹の所に戻りましたが」

「旅行に出たんだろう？」

「なんだ。ご存じなんじゃありませんか」

「何処まで尾行し、どんな報告書を送ったんだ？」

「柏原は、北陸《ほくりく》をふらついていましたがね。和倉《わくら》温泉のKホテルに、雑役《ざつえき》で住み込んだんですよ」

「今も、そこで働いているのか？」

「と、思いますがね」

「そのことを、林に報告したんだな？」

「そうです。速達で、報告書を送りましたよ」

と、八木はいった。

十津川は、和倉温泉のＫホテルの電話番号を調べ、連絡を取った。

フロントが出たので、

「そちらで、柏原という男が働いていますね？　最近、雑役の仕事をするようになった男です」

「やめましたが」

と、フロント係はいう。

「やめた？　いつです？」

「一昨日です。急にやめたいといいましてね」

「行き先は？」

「そこまでは、わかりません。勝手にやめたので」

と、フロント係は突き放したようないい方をした。

「実は――」

と、十津川は、警視庁捜査一課の名前を出し、

「柏原という男は、命を狙われているのです」

「そういえば、やたらに秘密めかしていましたね。何かに怯《おび》えているみたいでしたが――」

「それで、何としても、行き先を知りたいんだが、手掛かりになるようなことはありませんか？」

と、十津川はきいた。

「そういわれましても、突然、やめたいといって、出て行きましたからねえ」

「誰か、柏原に電話を掛けてきませんでしたか？」

「ありません。ただ携帯を持っていましたから、そちらには掛かってきたと思いますが」

「退職金は払いました？」

「何しろ、半月も働いていませんでしたからね。うちの女将《おかみ》が、餞別《せんべつ》の形で五万円渡したようです」

「と、すると、五万円は持っているわけですね」

「まあ、そうです」

(困ったな)

と思う一方、林も、柏原の行方を知らないのではないかという気もした。

十津川は、電話を切ると、県警の二人の刑事に、

「私たちは、明日、東京に戻ります。林と佐藤のことで何かわかったら、知らせてください」

と、頼んだ。

その日は、那覇市内のホテルに泊まった。

夜、東京の西本に、十津川は電話を掛けた。

「インターネットに、柏原の葬儀のメッセージは出ないか?」

「注意して見ていますが、まだ出ません」

と、西本はいう。

「必ず出ると思うから、注意していてくれ。明日、亀井刑事と帰京する」

と、十津川はいった。

翌日、羽田行きの第一便で、二人は帰京した。

捜査本部に戻ると、西本刑事たちは、もう、顔を揃《そろ》えていた。

西本は、パソコンの前に座っている。

「まだ、インターネットにメッセージは出ません」

と、十津川にいった。

午後になって、沖縄県警からFAXが入った。

〈林卓一と佐藤正彰の二人は、まだ自宅マンションに戻っていません。行き先も不明です。狙撃銃M24SWSについてですが、嘉手納基地司令部から、もし見つかった場合は、すぐ、それも内密で、返還してくれるように要請されました。対外的には、その銃の紛失は、正式には認めていません。

新しい発見が、一つあります。那覇から車で、約一時間の山中で、射撃訓練をしたと思われる痕が見つかりました。

木の幹に、標的にしたと思われる直径二〇センチの円形のボール紙が、ピンでとめられており、一〇〇メートル離れた場所に、薬莢六発が散乱していたのです。

この薬莢を嘉手納基地に持参して、調べてもらったところ、問題のM24SWSの薬莢だとわかりました。

おそらく、林卓一が、佐藤正彰と、この場所で狙撃銃の試射をしたのではないかと思われます。

なお、林卓一のことですが、同僚たちの話によると、佐藤の紹介で基地に来たときは青白く、神経質な感じの男で、顔に傷があったそうです。その後、彼は、狂ったように身体を鍛えたといいます。肉体的にも、精神的にもタフな人間になりたかったのではないかといっています。

今のところわかっているのは、これだけです〉

十津川は、柏原の妹にも連絡をとってみたが、兄の行方はわからないということだった。

翌日になっても、同じだった。柏原は見つからず、林と佐藤の行方もつかめない。

三日目。パソコンを見つめていた西本刑事が、

「メッセージです！」

と、大声をあげた。

6

それは、間違いなく、あれと同じメッセージだった。

〈来る五月十七日。柏原勇の葬儀が行なわれますので、友人、知人の方々の参列を希望します。

詳細は、また発表します。

友人代表

日時　五月十七日　午後二時
場所　柏原勇にふさわしい小屋の中
友人代表
林　卓一〉

「完全に、前のケースと、同じとはいえないな」

と、十津川は、いった。

「そうです。今回は、インターネットで知り合った金田良介の名前は使わず、林卓一という自分の名前を使っています」

と、亀井もいった。

「それに、日時も、前は午後二時から四時だったが、今度は一時きっかりになっている」

十津川は、険しい表情でいった。

「もう一つ、場所も、地名が書いてありませんね。柏原勇にふさわしい小屋の中というのは、どういう意味ですかね?」

「今日は、十五日だな?」

十津川は、確かめるように、カレンダーに眼をやった。

「明後日《あさって》です」

と、亀井がいう。

「場所がわからないんじゃ、どうしようもないな」

十津川は、舌打ちした。

翌日、インターネットに、二回目のメッセージがのった。

前と同じなのだ。

〈柏原勇の葬儀の詳しい日時が決まりましたので、お知らせします。友人、知人の方の参列を希望します。

金田良介〉

亀井が首をかしげた。

あいまいな書き方をしたのは、おそらく十津川たちの追及の手が、自分たちの近くにまで来たことを意識してのことだろう。

前回のように、首都高速羽田線などと書けば、すぐ警察が殺到する。それでは、柏原を殺せないと考えたのだろう。

「林は、覚悟しているんでしょうね。だから、本名を書いています。柏原を殺したら捕まってもいいと、考えているんじゃありませんか」

と、亀井がいった。

西本も、同感だといい、

「私がインターネットを通じて、この林卓一に呼びかけましょうか？　もう人殺しはやめろとです」

「それで、林がやめるとは思えないが、一応、呼びかけてみてくれ」

と、十津川はいった。


西本が、同じインターネットにアクセスして、林に呼びかけた。


〈葬儀中止のお願い。林卓一さんへ。

五月十七日午後二時に予定されている柏原勇の葬儀は意味がないので、中止してくださるようにお願いします。

あなたの理解者
西本　明《あきら》〉

その一方、十津川は、亀井と、柏原勇の妹に会いに行った。

「まだ、お兄さんから連絡はありませんか？」

と、十津川はまずきいた。

妹は、暗い顔で、

「ぜんぜん、ありません」

「実は、和倉温泉のホテルで、僅かの間、働いていたことがわかったんですよ」

「やっぱり」

「知っていたんですか？」

「いいえ。ただ、兄が中学生のころ、親戚の家が和倉で漁師をやっていて、夏休みなんか、よく遊びに行ってたんです。でも、今はもうあそこに、親戚の家もありませんから、行くことはないと思っていたんです」

「そのころですが、お兄さんは、何か小屋みたいな場所が、好きだったんじゃありませんか？」

と、十津川はきいてみた。

「小屋ですか？」

「そうです。漁師の親戚の家には、小屋はありませんでしたか？」

「漁具なんかしまっておく小屋は、ありましたけど」

「それかな？」


十津川は、思案する。

柏原の妹と別れると、十津川と亀井は、すぐ捜査本部に戻った。

三上本部長に、和倉温泉行きを申請した。

三上は、首をかしげて、

「しかし、柏原は、和倉温泉のホテルから、いなくなっているんだろう？」

「しかし、和倉の近くにいることは、間違いないと、思っています」

と、十津川は主張した。

「柏原がいるとしてだな。なぜ、林卓一はそのことを知っているんだ？　インターネットのメッセージを見る限り、知っているとしか、思えないがね」

「八木探偵は、林から金を貰って、柏原を見張り、彼が和倉温泉のホテルで働くようになったことを、報告しています。そのあと、林の仲間の佐藤が和倉に行って、柏原を見張っていたことは、十分に考えられます。たぶん佐藤は、柏原がホテルをやめ、何処に移ったか、知っているんだと思います」

と、十津川はいった。

「それで、『柏原にふさわしい小屋』ということか？」

「そうです。彼の妹にきいたところ、柏原は、中学生のころ、和倉にある親戚の漁師の家に遊びに行き、漁具などをしまっておく小屋で遊ぶのが、好きだったといっています。この漁具小屋が、柏原にふさわしい小屋のことだと思うのです」

と、十津川はいった。

「わかった。いつ和倉に行く？」

「とにかく、明日の午後二時に、林は柏原を殺す気です。できるだけ早く、和倉へ行っていたいと思っています」

十津川は、亀井と西本、それに日下の三人を連れ、この日のうちに、東京を出発した。

全員が拳銃を持ち、防弾チョッキを着用しての出発だった。

東海道《とうかいどう》新幹線で新大阪《しんおおさか》へ行き、そこから、最終の特急「サンダーバード45号」で金沢に向かった。

金沢着二三時二一分（午後十一時二十一分）。

ここからは、レンタカーで、和倉温泉を目ざした。

夜半過ぎに和倉温泉に着くと、十津川たちは、予約しておいたKホテルに入った。

ホテル側には、自分たちのことは、内密にしてもらった。

この土地に生まれ育ったという六十歳の支配人を部屋に呼んで、十津川は、

「この辺で、漁師さんの多いところというと、何処ですか？」

と、きいた。

「和倉温泉の近くというと、向こうに見える、能登《のと》

島《じま》じゃありませんかね」

　支配人は、窓の外に黒々と浮かぶ、大きな島影を指さした。

「島ですか」

「二つの橋で、こちら側とつながっています。観光客は、島の水族館などを見に行きますが、島の中は、漁業が主な仕事です」

「今でも、そうですか？」

「そうですよ。観光といっても、温泉はありませんからね」

「小屋は、ありますか？」

「小屋？」

「漁具などをしまっておく小屋です」

「ああ、そういう小屋なら、いくらでもあるんじゃありませんか」

　と、支配人は笑う。

「使われてない小屋も？」

「そうですねえ。漁業だけでは食えないので、民宿をやったりしている家が多いし、民宿と貸し舟で釣り客を遊ばせるような家では、使わなくなった小屋があるはずです」

「能登島の地図を貸してください」

　と、十津川は頼んだ。

　その地図を広げて、十津川たちは打ち合わせをした。

「柏原は、十中八九、能登島にいると、私は思う。彼が中学のとき遊んだ和倉温泉に近いし、島なら静かだろう。心身を休めるには最適だよ。しかも、一つの橋で繋《つな》がっているから、逃げるにも難しくない」

「しかし、島はかなり広いですよ。柏原のいる小屋を見つけるのは、大変かもしれません」

　と、西本がいった。

「だが、午後二時までに、何としてでも、見つけなきゃならない」

と、十津川はいった。

県警に頼み、多数の刑事、警官を動員して、能登島を探せば、楽かもしれない。しかし、そんなことをしたら、たちまち、林たちに気付かれてしまうだろう。

そうなったら、林は逮捕できない。

十津川たちは、とにかく眠ることにした。

夜明けと共に起き出し、夜のうちにホテルに頼んで作っておいてもらった、にぎりめしを腹に入れ、二台のレンタカーに乗って、島に向かった。

二台のレンタカーに分乗したのは、行動力を大きくするためだった。

コンクリートで作られた能登島大橋《おおはし》を渡って、能登島に入った。

この橋は、最近、無料になっている。

島に入ったとたんに、和倉の賑《にぎ》やかさは消え、小さな水田があったり、漁師の家があったりする。それに民宿の看板。

夏になれば、海水浴客で賑わうのだろうが、今の時期は、観光客の姿も見当たらない。

和倉のKホテルの支配人がいったように、島には温泉が出ないし、大きなホテルもないからだろう。

今は、使われていない小屋が、ところどころに見つかった。

そのたびに、刑事たちは車をおり、様子をきいて廻った。

だが、なかなか、柏原がいるという話は、きけなかった。

十津川たちは、島の海沿いを聞いて廻った。

昼少し前に、改造中の漁師の家で、やっと一つの話をきくことができた。

近くの小屋を、一カ月一万円で貸してくれという男が来て、使ってないので、どうぞといったというのである。

「うちも、この夏から民宿専門にやりたい。その小屋も取りこわすことになるので、それまで、勝手に使ってくださいといいました」

と、そこの主人はいった。

「この男ですか？」

亀井が、柏原の写真を見せた。

「似てますが、不精《ぶしょう》ひげを生《は》やしていますよ」

と、主人はいう。

「彼は、毎日、何をしていますか？」

十津川が、きいた。

「釣りをしたり、ぼけっと海を見たりしてますよ。今ごろは、小屋で昼寝をしていると、思いますね」

と、主人はいった。

7

かなり、大きな小屋だった。小屋の脇には、中古の自転車と釣り道具が置いてあった。

十津川たちは、二台のレンタカーを隠し、遠くから小屋を見すえた。

自転車と釣り道具が置いてあるところを見ると、柏原は小屋にいるのだろう。

林たちは、今、何処にいるのだろうか？

周囲を見まわしたが、それらしい人の姿は、見当たらない。

十津川は、腕時計に眼をやった。

午後一時五分。まだ、二時には五十五分ある。

「どうやって、柏原を狙撃する気だろう？」

「映画みたいに、あの小屋に射ち込む気なんじゃないでしょうね」

と、西本がいった。

「弾丸は一ダースしか盗まれていないし、そのうちの六発と二発は、試射と首都高速の狙撃で使ってしまって、あと四発しか残っていないはずだよ。小屋に向かって、射ちまくるとは思えないね」

十津川が、いった。

「小屋に火を放って、柏原が逃げ出すところを、射つんでしょうか？」

日下が、いう。

「そんなことをしたら、人々が寄って来てしまうよ」

と、亀井がいった。

二時五分前。

四輪駆動の車が、時速四十キロぐらいで、近づいてきた。

運転しているのは、男が一人、だが林ではなかった。

（林は、何処にいるのか？）

と、十津川が、もう一度、周囲を見まわしたとき、その車が、突然、道から外れて、小屋に向かって突進して行った。

音を立てて、小屋にぶつかる。

小屋が崩れ、男が一人、飛び出してきた。

十津川と亀井が、飛び出して行き、その男に向かって、

「伏せろ！」

と、怒鳴った。

だが、その瞬間、銃声と共に、男が、もんどり打って、地面に転がった。

射たれたのだ。

十津川と亀井は、倒れた男の傍に、自分から転がっていった。

西本と日下も飛び出して、拳銃を構えた。

「向こうだ！」

と、十津川が指さした。

小さな丘の上に、人影が見えた。

亀井の傍で、柏原がうめき声を上げた。その柏原に向けて、丘の上からもう一発、射って来た。

「林！　やめろ！」

と、十津川が叫んだ。

それでも、また一発射ってくる。十津川の傍の地面に当たって、土がはじけ飛んだ。

西本と日下が、丘の上の人影に向かって、一斉に拳銃を射った。

亀井も、射つ。

銃声がひびきわたり、丘の上の人影が倒れて、動かなくなった。

「カメさん、四駆の運転手を捕えておいてくれ。たぶん佐藤だ」

と、十津川はいい、拳銃を構えて、丘に向かって歩いて行った。


そこに、男が血を流して倒れていた。すでに、顔に生気がない。

十津川を見上げて、

「あいつは、死んだか？」

と、かすれた声できいた。

一瞬、十津川は、迷ってから、

「死んだ」

と、いった。

男の顔に、微笑が浮かんだ。

「おれは、奴に勝ったんだ」

それから、急に、男はぜいぜいと息を荒《あら》らげ、その息を止めてしまった。

十津川は、拳銃を、空に向かって、二発射った。これで、誰の拳銃が、この男、林卓一を殺したのか、わからなくなるだろう。

西本と日下が、丘にあがってきた。

「死んだんですか？」

若い西本が、声をふるわせた。

「死んだよ」

と、十津川はいった。

一人死んで、一人助かったのだ。それだけのことだと、十津川は、自分にいい聞かせた。

事件の裏側

初出＝「小説現代」一九九五年二月号
収録書籍＝『倉敷から来た女』講談社文庫　一九九八年

1

十津川が、三上刑事部長に見せられたのは、手紙の束《たば》だった。

全て、封書で、十二通である。

宛名も、差出人の名前も、十二通とも、同じだった。

〈港区六本木×丁目　コーポ六本木五〇六　北原《きたはら》真理《まり》〉

これが、宛名で、差出人の欄には、住所は書かれず、ただ、「真一郎《しんいちろう》」とだけ、記されていた。

「これが、何か?」

と、十津川は、三上を見た。

いきなり、呼ばれて、手紙の束を見せられ、何のために、呼ばれたのか、わからなかったからである。

「東京駅の八重洲《やえす》中央口近くにあるコインロッカーに、誰かが、その手紙の束を入れておいた。だが、期限が来ても、取りに来ないので、管理会社が、ロッカーを開けて、その手紙の束を見つけた」

と、三上は、いった。

「なるほど」

「君は、ひとりで、誰が、何のために、そんなことをしたのか、調べてもらいたいんだ。それも、内密にだ」

「しかし、この宛名の女性に会ってきけば、簡単にわかるんじゃありませんか?」

「もちろん、その点は、調べたよ。ところが、問題の女性が、見つからないんだ」

「住所と、名前が、でたらめだということですか?」

「いや、その女性が、一週間前から行方不明になっているんだよ」

「それなら、彼女が見つかるまで、手紙は保管しておいて、現われたら、返して、それで、終わりでしょう。郵便受けに、手紙を預かっていると書いて、放り込んでおけばいいと思います。第一、これは、遺失物係の仕事でしょう。なぜ、捜査一課の私が、調べなければいけないんですか？　それとも、何かの事件と、関係があるんですか？」

「いや、今のところ、それらしい徴候《ちょうこう》はない」

「それなら、私の仕事じゃありません」

「とにかく、一通だけでも、読んでみたまえ」

と、三上は、いった。

「構わないんですか？　他人の手紙を、勝手に読んでいいんですかね？」

「今回は、許されると、思っているよ」

「では、一通だけ、読ませていただきます」


と、十津川は、いい、一番上の手紙を抜き取った。

消印の日付は、去年の九月十日になっている。

〈三日前、広田《ひろた》君のパーティで、君を見かけてから、君の顔や、声がちらついて、離れてくれない。迷った末に、この手紙を書いている。君の名前と住所は、秘書に調べさせた。私は、地位もあり、多少の財産もある。だが、すでに、年齢《よわい》は、還暦を過ぎ、髪は、白さを加えている。

その自覚はあるのだが、君に会った瞬間、私は、自分が、突然、二十代に戻ってしまったように感じた。若い情熱が、沸々《ふつふつ》として、蘇《よみがえ》って来たのだ。

私には、君が、必要だ。私は、不遜《ふそん》ながら、明日の日本の政治を担《にな》うのは、私だという信念を持っている。期待してくれている支持者のためにもと、思っている。

そのためにも、君の力が、必要なのだ。君の愛情があれば、私の力は、何倍にもなってくれるだろう。

君の声をききたい。電話が欲しい。毎週火曜日の午後は、麹町《こうじまち》の事務所に出ているので、そちらのほうに、電話してくれないか。

真一郎〉

読み終わって、十津川の表情が、かたくなった。

「この真一郎というのは、織田《おだ》真一郎さんのことですか？」

と、十津川は、三上を見た。

「そうだ。全部に、眼を通せば、それが、はっきりする」

と、三上は、難しい顔で、いった。

織田真一郎は、現在、野党に甘んじている改進党《かいしんとう》の党首である。来年秋と予想されている総選挙で、改進党が勝利すれば、間違いなく、次期首相になる人物である。

「問題は、この手紙が、ホンモノかどうかですね」

と、十津川が、いうと、三上は、眉《まゆ》を寄せて、

「そんなことは、わかっているが、どうやって、偽物か、ホンモノかを、見分けるかだよ。織田さん本人にきけば、偽物だというに、決まってる」

「そうですね。この手紙の通りなら、スキャンダルで、政治生命を失いかねません。きいたところで、イエスという返事が、返ってくるはずがありませんね」

と、十津川も、うなずいた。

「ああ、その通りだ」

「このまま、焼却してしまったら、どうなんでしょうか？」

と、十津川は、きいた。

「そうしたいところだし、織田真一郎さんや、彼の取り巻きは、喜ぶだろうね。だが、それには、問題がある。第一に、この手紙の所有者は、織田真一郎さんではなく、北原真理という女性だということだ。焼却するには、彼女の許可がいる。第二に、その北原真理は、今もいったように、一週間前から、行方不明になっている」

「家族から、捜索願は、出ているんですか？」

「母親から、出されている」

「失踪《しっそう》の原因が、その手紙にあるとすると、簡単に、焼却するわけにはいきませんね」

と、十津川は、いった。

「だから、君を呼んだんだよ。難しいことかもしれないが、織田さんを傷つけずに、この事件を、解決して欲しいんだよ。それも、素早くだ」

と、三上は、いった。

「何か問題が生まれているんですか？」

「この手紙を見つけた人間なんだがね」

「ＪＲが、コインロッカーの業務を委託《いたく》している会社の人間ですね？」

「そうだ。木下三郎《きのしたさぶろう》という男でね。Ｋ商事を定年間近で退職し、再就職した人間なんだが、週刊誌が、どうも、この木下三郎に接触しているようなんだよ」

と、三上は、いう。

「それは、本当なんですか？」

「今のところ、噂《うわさ》の域を出ないが、いずれ、どこかの週刊誌が、嗅《か》ぎつけてくる心配がある。次期首相候補のスキャンダルなら、ニュースバリューがあるからね。そうならない中《うち》に、この事件に、ピリオドを、打ってもらいたいんだよ」

と、三上は、いった。

「それなら、なおさら、この手紙は、焼却すべきじゃありませんか？　不倫ではありますが、不倫は、別に、犯罪じゃありませんから」

　と、十津川は、いった。

「今もいったじゃないか。この手紙の主の北原真理が、もし、殺されてでもいたら、どうなるか。そして、今いった木下三郎が、手紙のことを、マスコミに話す。その手紙は、警察に渡っているはずだとね。そうなった時、マスコミが、手紙は、どう処理したか、詰問《きつもん》してくるに、決まっている。その際、きちんと、弁明できるようにしておきたいんだよ」

　と、三上は、難しい顔で、いった。

「なるほど、厄介《やっかい》な事件ですね」

　と、十津川は、いった。

　翌日になると、この件は、さらに、厄介なものになっていった。

　行方不明だった、北原真理が、他殺体で、発見されたのである。

　場所は、東京郊外、陣馬《じんば》高原の雑木林の中だった。

　三上は、特に、十津川を指名して、この事件を担当させた。もちろん、暗黙の中《うち》に、

（例の手紙のことを、善処《ぜんしょ》しろよ）

という指示も、含まれているのは、間違いなかった。しかも、この件は、誰にも口外するなと、前に、釘を刺されている。

　十津川は、重い気分で、亀井たちを連れて、現場の陣馬高原に向かった。

　JR八王子《はちおうじ》駅から、陣馬高原行きのバスが出ている。

　終点の陣馬高原まで一時間足らずである。その途中に、有名な「夕焼小焼」の碑があるのだが、その手前の雑木林だった。

　十津川たちは、パトカーで、陣馬街道を、現場に向かった。

　旧街道という感じの道路で、ここが、東京都内と

は、思えない。

八王子署の刑事が、先に到着していて、十津川たちを、現場に案内した。

死体は、雑木林の中に、埋められていた。それを、野良犬が、掘ってしまい、両足が出たところで、雑木林の持主が、発見したということのようだった。

死体は、腐乱が始まっていたが、それでも、顔は、まだ崩れていなくて、三上から写真を見せられていた十津川にも、北原真理と、すぐ、わかった。

死体は、服を着たまま、埋められていた。

そのポケットに、運転免許証が、入っていたとも、八王子署員は、いった。

十津川は、その免許証を、受け取った。

死体ののどには、強く圧迫した痕跡《こんせき》が、認められた。

どうやら、絞殺らしい。

犯人は、ここまで、北原真理を連れて来て、絞殺し、雑木林の中に、埋めたものと、思われた。

死体は、司法解剖のために、運ばれた。そのあと、十津川は、刑事たちに、周辺を調べさせた。何か、犯人の遺留品がないかをである。

しかし、いくら、探しても、何も見つからなかった。

「どうもわかりませんね」

と、亀井刑事が、首をひねっている。

「何がだ？」

「犯人の行動です。普通、死体を埋めるのは、犯罪を隠すためでしょう。その中《うち》に、白骨になって、たとえ発見されても身元もわからなくしたい。だから、だいたい、裸にして、埋めておきますよ。それなのに、この犯人は、運転免許証を、死体の服のポケットに残しています」

と、亀井は、いった。

「あわてて、ポケットを調べずに、埋めてしまったんじゃないのかね？」

「それはないと思います。いくら調べても、犯人の遺留品が見つからないというのは、注意深く、始末してから、帰ったからだと思いますね。第一、女性というのは、普通は免許証は、ハンドバッグに入れているんじゃありませんかね。服のポケットに入れているというのは、珍しいと思います」

「つまり、犯人が、わざわざ、ハンドバッグから出して、ポケットの中に入れておいたのではないかということか？」

「そう思います」

「それなら、ハンドバッグごと、埋めておけば、いいんじゃないかね？」

と、十津川はいった。

「犯人は、それができなかったんだと思いますよ。例えば、そのハンドバッグが、犯人からの贈物だったというようなことで」

と、亀井は、いった。

もう一つ、雑木林というのは、手入れが必要である。現に、発見者の、この雑木林の持主も、一カ月に、何日か、見まわりに来ていて、そのために、死体を、見つけたのだという。

それに、埋められていた場所も、雑木林の奥ではなく、街道から五、六メートルしかなかった。

（犯人は、遠からず、死体が発見されることを覚悟していたのではないのか？）

と、十津川は、思った。

野良犬が、簡単に掘って、両足が、外に出てしまっていたのを見ても、深く埋めていなかったことが、わかる。

そんなことを考えながら、十津川は、亀井と、街道に出たが、パトカーに乗り込んでから、亀井が、

「あれを見てください」

と、前方を、指さした。

見逃していたが、そこに、「野犬に注意！」の看板が立っているのだ。

もし、犯人がそれを見ていたら、死体を、浅く埋めたのでは、野良犬に、掘り起こされてしまうのではないかという危機感を持ったはずである。

それなのに、浅く埋めたのは、やはり、遠からず、見つかるのを覚悟していたに違いない。

いや、もっと、うがって考えれば、見つかるのを承知で、わざと、浅く埋めたのかもしれない。

（犯人は、わずかの間、見つからないでいてくれればいいという計算だったのか？）

と、十津川は、考えた。

その時、十津川の頭に、並んで浮かんだのは、三上部長から預かっている例の手紙のことだった。

あれから、全部の手紙に、十津川は、眼を通している。

日付の順に読んでいくと、真一郎が、どんどん北原真理に溺《おぼ》れていく様子が、よくわかった。

六十過ぎの年齢を感じさせない、露骨な性愛描写の文字もあった。「跪《ひざまず》いて、君の足を、なめたい」と、書いたりしているのだ。SMチックな行為もしていたのか。

手紙の束は、妻の直子にも、見せていない。

亀井にも、協力を求めたいのだが、それも、できなかった。

（辛《つら》いな）

と、十津川は、思った。

今まで、亀井と一緒に仕事をしてきて、彼に、秘密を持ったことはなかった。そんなことをすれば、捜査がうまくいかないからである。

だが、今度ばかりは、カメさんにも、内緒にして、捜査を進めなければ、ならない。

「警部」

と、亀井に、呼ばれて、十津川は現実に引き戻されて、

「ああ」

「どうされたんですか？　考えごとをなさっておられましたよ」

「今度の事件のことを考えていたんだよ」

「これから、どうしますか？」

「被害者宅に行くよ」

十津川は、怒ったような声を出した。

2

北原真理の六本木のマンションは、駅近くの十一階建ての造りだった。

部屋の広さは、２ＬＤＫである。

一人住まいには、十分すぎる広さだが、それでも、十津川が、ちょっと、拍子抜《ひょうしぬ》けしたのは、真一郎の愛人ということで、もっと、ぜいたくな生活をしていると、勝手に、頭に描いていたからである。

部屋に置かれた調度品も、平凡なものばかりで、イタリア製だとか、フランス製といった高級なものではなかった。

十津川と、亀井は、部屋を一つずつ、丁寧《ていねい》に、調べていった。何か、犯人に繋《つな》がるようなものを、見つけたかったのだ。

預金通帳と、現金は、洋ダンスの引出しの中に、入っていた。

現金は、七十万円、通帳を見ると、一年定期で、八百万円、普通預金が、百九十二万円となっている。

普通の三十代の女性なら、多いというべきだろうが、被害者が、織田の愛人であることを考えると、少ないと、考えるべきかもしれない。

亀井は、手紙の束を見つけ出して、一通ずつ見ていたが、

「色気のある手紙は、一つもありませんね。どうも、おかしいな。仏さんは、美人だし、色っぽいのに――」

と、いった。

「そうか」

とだけ、十津川は、いった。

彼は、亀井のいう、色気のある手紙が、あったことを知っている。だが、今、それを、亀井には、打ちあけられないのだ。

「被害者は、何をしていたのかな?」

と、十津川は、そちらのほうに、話を持っていった。

「この近くのクラブで働いていたようです」

と、亀井は、引出しから見つけた名刺を、十津川に見せた。


なるほど、小型の名刺に、次のように、印刷してあった。

〈クラブ　紫《むらさき》　　北原マリ〉

店での名前は、本名を、ただ片カナに変えたマリになっている。

織田真一郎が、最初の手紙で、「パーティで見た――」と書いているのは、そのパーティに、クラブのホステスたちが、呼ばれていたということなのだろう。

十津川は、夜になってから、亀井と、そのクラブに、行ってみることにした。

雑居ビルの三階のフロア全体が、クラブ「紫」で、ゴージャスな造りになっていて、ホステスも、美人揃いだった。

二人は、まず、小柄なママに、北原真理のことを

きくことにした。

ママは、まだ、彼女が死んだことを知らなかったらしく、十津川が話すと、びっくりした顔で、

「そうなんですか。ずっと、無断で、休んでいるんで、どうしたのかと、心配はしていたんですよ」

「犯人に、心当たりは、ありませんか？」

と、十津川は、定番《ていばん》の質問をした。ママのほうも、

「心当たりなんか、ぜんぜん」

と、定番の返事をした。

「彼女は、どんな性格ですか？」

「そうですわねえ。ちょっと、きついかな。でも、頭もいいし、美人だし、いろいろなことを知っているので、インテリのお客さまには、好かれていましたよ」

「特定のお客はいたの？」

と、亀井が、きいた。

「さあ。どうですかしら？　あたしには、わかりませんわ」

と、ママは、笑った。

（このママは、真理が織田真一郎と付き合っていたことを、知っていたのだろうか？　それとも、知らなかったのか？）

と、十津川は、じっと、彼女の顔を見つめたが、見抜けなかった。

「彼女目当てで、通っていた客も、いたんじゃないの？　これは、殺人事件なんだから、正直に、話してくれないかね」

と、亀井が、食いさがる。

ママは、困惑の表情になった。

（織田真一郎の名前が、ママの口から出ると困るな）

と、十津川は、思ったが、ママが、いったのは
「マリちゃんに惚《ほ》れてたお客さんは、いたかもしれ

ませんけど、彼女って、あまり、お客さんに、惚れない人なんですよ」

といういことだった。

二人は、ホステスたちからも、話をきくことにした。

こちらは、ママよりも、具体的に、話をしてくれた。

「マリちゃんには、いい人がいたみたいなんだけど、それが、誰なのか、わからないのよ。あたしたちが、いくらきいても、教えてくれないのよ」

と、みどりという三十歳くらいのホステスが、いった。

(その男が、織田真一郎なのかもしれない。織田は、自分と、彼女のことを知られるのを恐れて、この店には、顔を見せなかったのだろう)

と、十津川は、思った。

「でも、最近、その人とは、うまくいかなくなっていたみたい」

と、みどりが、続けて、いった。

「なぜ、そう思うの?」

と、十津川が、きいた。

「マリちゃんは、お金が欲しかったのよ。自分で、お店を持ちたがってたの。少しは、持ってるんだけど、それじゃあ、足りないっていってたわ。だから、彼に出してもらえばいいじゃないのって、いってあげたのよ」

と、みどりは、いう。

「そしたら、彼女は、何て?」

と、十津川は、きいた。

「彼は、お金を出せないんだって。なんでも大事なことで、お金がいるからといってたけど、そんなことで、最近、うまくいかなくなってたんじゃないかと、思うんだけど」

と、みどりは、いった。

「他に彼女と親しくしていた男は、いないのかね？」

と、十津川は、きいた。

「そうねえ」

と、みどりは、考え込んでしまった。

彼女に代わって、ひろみという年輩のホステスが、

「水商売に入る前に、付き合っていた彼がいるって、きいたことがあるわ」

「それは、どんな彼なのかな？」

と、十津川は、ひろみに、眼をやった。

「マリちゃんは、大学を出てるのよ。インテリのホステス」

「ほう」

「その時に、付き合ってた彼みたいだったわ。同じ大学の」

と、ひろみは、いった。


「大学のクラスメイトかな？」

「そうじゃないの」

「その彼とは、今でも、付き合ってたのかな？」

と、十津川は、きいた。

「さあ、知らないわ」

「私は、君のいった男のことを、知りたいね。最近、うまくいかなくなったとすれば、その男が怪しくなるからね」

と、亀井が、みどりに、きいた。

「でも、よく知らないのよ。マリちゃんが内緒にしてたから」

と、みどりは、いう。

「彼女の口ぶりから、どんな男か、だいたいの想像がつくんじゃないのかね？　年齢は、わからないかね？」

亀井が、しつこく、きく。

「かなりの年輩みたいだったわ」

と、みどりは、いった。

「社会的地位のある人かね?」

さらに、亀井が、きいた。

「と、思うわ。だから、あたしたちに、隠すようにしてたんだと思うから」

「この店には、社会的な地位のある客も来るんだろう?」

「ええ」

「有名会社のお偉いさんとか、政治家も、客として、来てたということかね?」

「ええ、K電機の部長さんや、元厚生大臣の代議士さんなんかも、時々、いらっしゃるわ」

と、みどりは誇らしげに、いった。

「とすると、マリさんの彼は、大企業の偉いさんか、政治家だな」

と、亀井は、決めつけるように、いった。

(まずいな)

と、十津川は、思ったが、亀井の質問を、制止するわけにはいかなかった。

十津川は、ひろみというホステスを、脇へ引っ張って行って、

「マリさんの出た大学は、どこかわからないかな?」

と、きいた。

「多分、R大だと思うわ。去年、R大がサッカーで優勝したとき、国立競技場へ応援に行ったと、いってたから」

と、ひろみは、いった。

「大学時代の彼というの、名前は、わからないかな?」

「わからないわね。マリちゃんて、あたしたちみたいに、あけすけに、喋《しゃべ》るってこと、しない人だったから」

「今、何をしているかもわからない?」

「ええ」

「何か、わかってることはないかな？」

「その人が、マリちゃんを殺したの？」

と、ひろみがきく。

「そういうわけじゃないんだがね」

と、十津川は、あいまいに、いった。

ひろみは、「ふーん」と、鼻を鳴らして、考えていたが、

「何をしてる人かは、わからないけど、R大学で、サッカーの選手だったんじゃないかと思うわ」

と、いった。

「マリさんが、そういったの？」

「いえ」

「ああ、去年のサッカー決勝戦を、国立競技場に見に行ったからか？」

と、十津川は、きいた。

「ええ。そうじゃなければ、あたしたち、昼間は、寝てるわ。それなのに、わざわざ、応援に行ったというのは、その彼が、大学時代、サッカーの選手だったからじゃないのかって」

「なるほど。君のいう通りかもしれないな」

と、十津川は、いった。

クラブを出ると、亀井は、熱っぽく、

「彼女の恋人だったという、大企業の幹部か、政治家が、怪しいと思いますね。どちらも、社会的地位があるし、当然、妻子もありますよ。それが助平《すけべい》心《ごころ》を起こして、北原真理を愛人にしたんです。彼女のほうも、そんな男が、パトロンになってくれれば、十分に、援助をしてもらえると計算して、愛人になった。ところが、そういう連中というのは、関係ができてしまうと、ケチりますからね。彼女にしてみれば、店を出すくらいの援助はしてくれるだろうと計算したのに、してくれない。そこで、彼女は、縁を切ろうとしたわけですよ」

「――――」

「男は、今もいったように、社会的地位がありますからね。北原真理との関係が、公《おおや》けになれば、社会的地位が、危くなってきます。それに、今の水商売の女は、平気で、自分からね。それに、今の水商売の女は、平気で、不倫ですと男の関係を、暴露します。金になると思えば、マスコミに売りますよ。写真週刊誌なんかにです。男は、それを考えると、今度は、北原真理の口を封じようと思ったとしても、おかしくはありません」

「それで、北原真理を殺したというわけかね？」

と、十津川は、きいた。

パトカーで来ていなかったので、二人は、地下鉄の駅に向かって、夜の六本木の街を、歩きながらの話になった。

「直接、手を下したかどうかは、わかりませんが、彼が、殺したのは、間違いないと、思いますね」

と、亀井は、いう。

「果たして、そうかな？」

「違いますか？」

亀井は、眉を寄せた。十津川が、同意してくれるものとばかり、思っていたらしい。意外だという感じと、なぜという疑問が、その顔に、表われていた。今までの十津川なら、きっと、権力者である大企業の幹部や、政治家に、まず、疑いの目を向けるだろう。亀井は、そう考えていたのが、外れて、驚いたに違いない。

「カメさんみたいに、断定するのは、危険だよ」

と、十津川は、いった。

「しかし、警部、この男たちには、動機がありますよ。昔は、プロの女性は、口がかたいものでしたが、今は、平気で、自分と、男との関係を、写真週刊誌や、テレビに売り込みますからね。北原真理は、金が欲しかったんだと思いますよ。自分の店を持ちたかったようですからね。手っ取り早く、金を手に入れるには、今までに関係のあった男、それも、地位や金のある男を、ゆするのが、一番の早道です。北原真理の客には、大企業の幹部や、政治家がいたわけだから、彼女の絶好のターゲットになったんじゃありませんかね」

亀井は、まるで、十津川を説得しようとするみたいに、熱っぽく、喋った。

十津川の困惑は、一層、深くなっていく。いつもの十津川なら、彼のほうから、この推理を、亀井に、話していただろう。

だが、それが、できない。

いや、ゆすりのネタとなったであろうものの存在を、知っているのだ。

北原真理に宛てた織田真一郎のラブレターだ。それも、露骨な性愛描写のあるものも、混じっている。

あの手紙なら、間違いなく、ゆすりに使えるし、織田真一郎は、取り戻すために、金を払うだろう。真理が、金になると考えたであろうことは、想像がつく。

(そして、織田真一郎を、ゆすったのだろうか?)

ゆすられた織田は、どうしただろうか？

金を払っただけなら、十津川は、三上部長との約束を守って、秘密にするつもりでいる。

だが、織田が、手を下さなくても、誰かに命じて、北原真理を殺したのであれば、十津川は、織田を逮捕し、あの手紙も、公けにするつもりだった。

「反対ですか？」

と、亀井が、きいた。

「カメさんのいうことには、証拠が、必要だよ」

と、十津川は、いった。

「そんなことは、わかっています。それを見つけ出すのが、刑事の仕事ですから」

亀井は、明らかに、腹を立てていた。

(困ったな)

と、十津川は、思いながら、

「私は、被害者の昔の恋人が、怪しいと、思っているんだよ」

「同じ大学出の男ですか?」

「そうだ」

「しかし、昔の話でしょうし、動機がありませんよ」

と、亀井は、いった。

「しかし、カメさん。大企業の幹部や、政治家がスキャンダルを恐れて、口封じをしたんだとしたら、なぜ、死体に、わざわざ、運転免許証を入れておいたりしたんだろう? 何よりも、身元が、わからないようにするんじゃないかね? 焼いて、灰にしてしまうとか、埋めるにしても、もっと深く埋めて、見つからないようにするとかだ」

と、十津川は、いった。

「その点は、多少は、不自然なところがありますが」

「しかし、カメさんは、自分の考えで、捜査したいわけだろう?」

「捜査しないわけにはいきませんよ。被害者と関係のあった男たちなんだから」

「それなら、こうしよう。カメさんは、西本刑事を連れて、その線を、洗ってみてくれ」

と、十津川は、いった。

「警部は、どうされるんですか?」

「私は、昔の恋人に、当たってみる。構わんだろう?」

「もちろん、構いませんが――」

亀井は、わだかまりを、顔に残したまま、翌日、西本刑事を連れて、出かけて行った。

十津川が、出ようとすると、日下や、北条早苗たちが、立ち上がって、

「お供《とも》します」

「いいんだ。ひとりで行ってくる」

「しかし、――」

「いいんだ。君たちは、引き続き、被害者周辺の聞き込みをやってくれ」

と、十津川は、いった。

彼は、北原真理が卒業したR大に出かけ、彼女の同期生の名簿を見せてもらった。その中から、サッカー部にいた男の名前だけを抜き出して、コピーしてもらった。三十八名の人数である。

十津川は、その中の一人で、現在、新宿区役所で働いている赤木《あかぎ》という男に、会いに出かけた。

赤木は、北原真理が、死んだことを、知っていた。

「テレビのニュースで見て、びっくりしているんです」

と、赤木は、いう。

「彼女とは、同じ大学でしたね？」

「ええ」

「彼女のことをよく知っていました？」

「まあ、かなりね。僕は、サッカーやってたんですが、成績がよくなったら、応援団に、女子学生が、どっと、入って来ましてね。彼女、その中で、一番美人でしたから」

と、赤木は、笑った。

「サッカー部員の中で、彼女と、一番親しくしていた人は誰だったんですか？」

と、十津川は、きいた。

「そうですねえ。谷沢《やざわ》だと思いますが、彼には、人殺しなんかできませんよ」

と、赤木は、いった。

「別に、その人が、殺したとは、全く考えていませんよ」

と、十津川は、笑顔でいった。

谷沢正《ただし》という男が、今は、小さなバーをやっているときいて、十津川は、夕方になってから、目黒《めぐろ》に出かけた。

「イレブン」という名の店だった。

中に入ると、壁に、R大時代の彼のユニフォーム姿の写真が、何枚か、貼ってあった。

その中の一枚は、女性応援団三人と一緒に、写っているものだった。

時間が早いせいか、他に、客はいない。十津川は、カウンターに腰を下ろして、ビールを注文し、壁の写真に眼をやった。

「マスターは、サッカーをやってたんだね?」

と、十津川は、カウンターの中にいる谷沢に、声をかけた。痩《や》せた、背の高い男だった。

「ええ」

と、短く、答える。

「三人の女性と一緒に写ってる写真があるけど、その中の一人は、昨日、陣馬高原で、死体で発見された北原真理という女だね?」

と、十津川が、きくと、谷沢は、眉を寄せて、

「お客さんは、警察の方ですか?」

「ああ、そうなんだ」

と、いって、十津川は、警察手帳を見せた。

「僕は、殺してなんかいませんよ」

と、谷沢は、いう。

「彼女とは、最近でも、付き合いがあったの?」

「ありませんよ」

「だが、連絡はあったと、きいているよ。この店に、飲みに来たこともあったと思うんだがね」

と、十津川は、いった。

「そりゃあ、電話ぐらいは、ありましたけどね。彼女、本当に、相談できる友だちがいないとかで、電話してくることがあるんですよ。それだけですよ」

と、谷沢は、いった。

「最近では、いつ、電話が、掛かったの？」

「いつだったかな。電話のあと、ここに来たんだ、二週間くらい前でしたよ」

と、谷沢は、いった。

「その時、彼女は、どんなことを、話したのか、教えてはくれないかね」

「お金のことでしたよ。自分で店を持ちたいんだが、それには、お金が足りないんだといってましたね」

「それで、何と、答えたの？」

と、十津川は、きいた。

「僕にいったって、駄目だよと、いいましたよ。僕に相談するより、クラブで、なじみになった金持ちの客に頼めばいいじゃないかとね」

「彼女のほうは？」

「それが、難しいんだと、ぼやいていましたね。きっと、みんな、いざとなると、ケチなんじゃありませんか。金持ちほど、ケチだっていうから」

と、谷沢は、いった。

「それだけ？」

「刑事さんは、何をいってるんですか？　僕には、人助けのできるような金は、ありませんよ」

「金はなくても、知恵は、あるんじゃないのかね」

と、十津川は、いった。

「知恵？」

「そう。金儲《かねもう》けの知恵をさずけたんじゃないのかと思ってね」

「そんな知恵があれば、自分で使って、金儲けをして、もっといい暮らしをしてますよ」

と、谷沢は、肩をすくめた。

「しかし、相談には、のったんだろう？」

「ただ、グチをきいてやっただけですよ」

「ちょっと危い知恵を、さずけたんじゃないのかな？」

と、十津川は、谷沢の顔をのぞき込んだ。

「危い知恵って、何のことですか？」

「法に触れるようなことだよ」

「わかりませんが」

「彼女の働いていた六本木のクラブは、有名人や、大企業の幹部、それに、政治家なんかも来る店でね。つまり、ゆするには、恰好《かっこう》の獲物でもあるわけだよ。ホステスとの関係をバラされると困る人間が多いということだよ。そんなことで、知恵をつけたんじゃないかと思ってね」

「刑事さん。変なことをいわないでくださいよ。僕はそんなことを、いったりしませんよ」

谷沢は、強い調子で、いった。

「やれといわなくても、軽い調子で、金持ちの客を、ちょっと脅《おど》せば、すぐ金を出すんじゃないかみたいなことをいったことは？」

「ありません」

「旅行は好きかね？」

「嫌いじゃありませんよ」

「陣馬高原に行ったことはないかな？」

「刑事さん。僕を疑ってるんですか？」

「被害者の知り合いは、一応、疑うのが、鉄則でね。車は、持っている？」

「持ってますよ。中古のカローラですがね」

「今、どこに置いてあるのかね？」

「この先の駐車場に置いてありますよ」

「調べさせてもらいたいんだが」

「どうぞ。ご勝手に」

と、谷沢は、いった。

十津川は、携帯電話で、捜査本部に連絡をとり、鑑識を連れて、目黒に来て、車を調べるように、指示を与えた。

3

谷沢のカローラは、鑑識が、調べることになった。

その間、十津川は、日下たちに、谷沢正という男の経歴について、調べさせた。

日下と、北条早苗が出かけるのと、入れ違いに、亀井が、西本と、帰って来た。

亀井は、十津川を見ると、眼を輝やかせて、

「当たりでしたよ」

と、いった。

「当たりって、何が？」

「今度の事件には、被害者と関係のあった大企業の幹部か、政治家なんかが、絡んでいるんじゃないかと、いったでしょう。警部は、賛成してくれませんでしたが、調べていく中に、当たりがあったんですよ」

「どんなことだ？」

「私は、大企業の幹部だと思っていましたが、それは外れでした。その代わりに、政治家の名前があがって来ました。それも大物です」

と、亀井は、いった。

十津川は、平静をよそおいながら、

「どんな大物だね？」

「野党の党首の織田真一郎ですよ」

「誰から、その名前が、出て来たのかね？」

と、十津川は、きいた。

「近藤要《こんどうかなめ》という政治評論家を、ご存じですか？」

「名前は知ってるよ」

と、十津川は、いった。

政治記者出身の評論家で、年齢は、六十五、六歳だろう。有名政治家を、わざと、クンづけで呼んで、いかに、自分が相手と親しくしているかを誇示

するところがある。政界事情に通じているみたいだが、そこが、逆に、信用がおけない感じもする男だった。

「その近藤要が、とっておきの情報をくれたんですよ」

と、亀井は、嬉しそうに、いった。

十津川は、不安になるのを感じながら、

「どんな情報だね？」

「今、政界で、ひそかに、囁《ささや》かれていることがあって、それによると、ある大物政治家に、女性関係のスキャンダルがあって、もし、それが公けになったら、政治生命を、絶たれるんじゃないか。彼の秘書や、後援者は、必死になって、それが、公けにならないように、動きまわっているというのです。しかも、相手の女性は、すごい美人で、水商売というのですよ。それで、ぴんと来ましたよ」

と、亀井は、いった。

「どう、ぴんと来たんだ？」

「しっかりしてくださいよ、警部。すごい美人で水商売というのは、北原真理じゃありませんか」

「じゃあ、大物政治家というのは？」

「それを、近藤に、ききましたよ。そしたら、彼は、こういいましたよ。今は、野党のリーダーで、甘んじているが、次の総選挙で勝てば、次期首相になる人だって。それなら、一人しかいません。野党の党首の織田真一郎ですよ。私が、織田さんでしょうって、いったら、近藤は、ニヤッと、笑いましたよ」

と、亀井も、その時のことを思い出したのか、ニヤッとした。

「それで、カメさんは、どう結論したんだ？」

と、十津川は、きいた。

「政治家にとって、最高の目的は、政権を担当することですよ。野党では、何にもできません。日本を動かすことが、できないんです。織田真一郎は、うまくいけば、次の総選挙に勝って、首相になれるんです。そんな大事な時に、女性とのスキャンダルで、政治生命を絶たれるなんて、耐えられないでしょう」

「だから、女の口を封じたというわけか？」

「もちろん、織田本人が、手を下したとは、思いませんよ。やったとすれば、秘書か、織田の後援会の人間でしょう」

「殺さなくても、金で、解決できるんじゃないのかね？」

「一時的に、黙らせることはできるでしょうが、今どきの女は、すぐ、喋りますからね。プロの自覚なんてありませんよ。自分から、マスコミに、秘密を売り込むんです。次の総選挙で、あわよくば、首相の座を勝ちとれるかもしれないのに、そんな時限爆弾を、抱えてはいられませんからね。首相になれば、一層、危険な存在になるんです。だから、消したんだと、思いますよ。つまり、北原真理を」

と、亀井は、自信満々で、いった。

十津川は、一層、気が重く、なってきた。

（近藤要は、例のラブレターのことを知っているのだろうか？）

十津川は、そんなことを、考えていた。

4

その日、遅くなって帰宅すると、十津川は、二階の書斎に入って、カギのかかる引出しから、例の手紙の束を取り出した。

この手紙が、織田真一郎本人が書いたものだということは、間違いないだろうと、思った。

三上部長が、筆跡鑑定をしたに違いないからだ。それで、ホンモノとわかり、あわてて、十津川に、渡して、この事件を担当しろと、いったのだ。

（しかし、ただ、それだけなのだろうか？）

十津川は、じっと、考え込んだ。

織田真一郎の政治理念は、確か、「暖かみある、正しい政治」だった。それなのに、彼が、妻があるのに、クラブのホステスを愛人にし、あんなラブレターを出しているのがわかったら、市民の非難の的《まと》になってしまうだろう。

それが、なぜ、コインロッカーに入っていたりしたのだろう？

コインロッカーに入れておいて、三日間の期限が来ても、そのままだと、落とし物として、保管される。しかし、保管の期間は、一カ月のはずだった。

それなのに、三上部長の話だと、すぐ、彼の手に渡されて、処分の方法を委《まか》された感じなのだ。

（どうも、おかしいな）

と、十津川は、思う。


十津川の推理は、次のようなものだった。北原真理は、自分の店を持ちたがっていた。それには、かなりの金が、要《い》る。

それで、昔の恋人で、今でも、時々、相談にのってもらっている谷沢に、会って、自分の店を持ちたいが、金が足りないので、どうしたらいいかを、相談した。

谷沢は、パトロンに出してもらえばいいじゃないかといったのではないか。

真理は、織田真一郎のことを、考えただろうが、彼とは、切れてしまっていると、いったのかもしれない。あの手紙を、読む限りでは、切れてはいないのだが、最後の手紙の日付から、今日まで、間があるから、実際には、切れていたかもしれない。

真理は、切れたが、彼のラブレターは、持っていると、いう。

それなら、その手紙を、相手に、売りつけたらいい。相手が、大物政治家なら、大金を出すはずだ。政治生命を失うかもしれないからねと、いう。

そのあとで、谷沢は、急に、気が変わった。自分が、金を欲しくなってきたのだ。もし、その手紙が、手に入れば、相手を脅して、いくらでも、金が、貰えるだろう。

そこで、真理を誘い出し、殺して、陣馬高原への途中の雑木林に埋めた。

そのあと、彼女のマンションへ行き、探したが、手紙は、見つからなかった。誰かがコインロッカーに、隠してしまっていたのだ。

コインロッカーに隠したのは、たぶん、真理本人だろう。金の成る木のラブレターは、狙うものが多いに違いない。だから、考えた末、彼女は、一時的に、駅のコインロッカーに、預けておいた。

ところが、それを出しに行く前に、谷沢によって、殺されてしまった。彼女が、コインロッカーに、手紙を隠したことを知らない谷沢は、殺しておいてから、彼女の部屋を探したが、見つかるはずがない。

もし、この推理が正しければ、谷沢は、今でも、手紙を探し出そうと考えているはずである。そうでもしなければ、せっかく、真理を殺した甲斐《かい》がないからだ。

谷沢が、真理を殺したという証拠が見つかった場合、どうしたらいいのか。

十津川は、次のように、事件を落着させようと考えていた。

谷沢には、あくまで男女間のもつれで、真理を殺したことにしろと説得する。彼女が、彼を裏切り、金持ちの男に走ったので、かっとして、殺してしまったことにする。政治家をゆする計画を立てて、そのことで争って殺したとなれば、刑は、重くなるにちがいないからだ。そうしておいて、あの手紙は、焼却してしまう。

これが、一番いい解決法だろうと、十津川は考えているのだが、亀井の報告をきいて、少しばかり、考えが、変わってきた。

どうも、今回の事件の裏に、何かあるような気がしてきたからである。野党のリーダーのスキャンダルが、洩《も》れかかっているというだけのことではないような気がしてきたのだ。

問題は、あの手紙を、誰と、誰が知っているかということだった。

コインロッカーから、あの手紙の束を見つけたサービス会社の人間が知っている。三上部長が、知っている。

十津川が、事件を、穏便《おんびん》に、解決して、手紙を始末してしまえば、三上部長は喜ぶだろう。それで、十津川の役目も、果たせたことになる。そう考えてきたのだが、様子が、少し変わってきたと、感じる。

評論家の近藤要は、何を知っているのか。亀井に、織田真一郎と、ホステス、北原の関係を臭わせるような話をしたのは、なぜなのだろうか？　何を企《たくら》んでいるのか。

他にも、手紙のことを、何人か知っていて、しかも、現在、手紙が、警察にあることを知っていたら、十津川が、良かれと思ってやったことを、警察が、真相を隠したと、非難するかもしれない。

二階へあがってくる足音がしたので、十津川は、あわてて、手紙の束を、引出しにしまった。

ドアが開いて、妻の直子が、顔をのぞかせた。

「まだ、おやすみにならないんですか？」

と、直子が、きいた。

「ちょっと、今度の事件のことで、考えることがあってね。先に、やすんでくれ」

と、十津川は、いった。

5

亀井は、張り切っていた。

「どう考えても、この事件は、スキャンダル隠しですよ。政治の力学に、一人のホステスが、押し潰《つぶ》されたんです。私は、押し潰した奴を、見つけ出して、彼女の仇《かたき》を討ってやりますよ」

と、亀井は、十津川に向かって、いった。

「カメさんは、織田真一郎側の犯行だと、確信しているみたいだね？」

「確信しています。織田と、殺された北原真理の関係を示す証拠もあるんです」

「どんなものだ？」

「手紙ですよ。ラブレターです」

「それを、カメさんは、見たのか？」

「今日、ある人間が、それを見せてくれることになっているんです。警部も一緒に、来てくれませんか」

と、亀井が、いった。

「それは、例の近藤要の線かね？」

「そうです。彼から、さっき電話がありまして、ある人物を紹介したい。その人物は、正義感から、織田真一郎のスキャンダラスな女性関係を、明らかにしたいと、いっているそうです」

亀井は、元気が良かった。

「その人間に、何処《どこ》で、何時に会うんだ？」

「三時に、新宿西口の喫茶店Pです」

「私も行く」

と、十津川は、いった。

それまでに、時間があるので、十津川は、三上部長に、会ったのだが、

「どうなった？」

と、三上のほうから、きいた。

「例の手紙ですが、本当に、織田真一郎さんの書いたものですか？」

と、十津川は、きいた。

三上は、何をいっているのかという顔で、

「ホンモノだから、私は、迷いに迷って、君に、善処を頼んだんじゃないか。不幸にも、手紙の受取人は、死体で発見された。殺人事件の犯人は、捕えなければならん。しかし、何といっても、手紙の差出人は、大物政治家だ。だから、私は、困っているんだ」

「わかりました」

「君らしくないじゃないか。こういう事件は、さっさと解決してしまわないと、いろいろと、臆測《おくそく》が飛びかって、傷つく人が、沢山《たくさん》出てくるんだよ」

三上は、怒ったように、声を荒らげた。

「もう一つだけ、おききしますが、私に、捜査を指示されたのは、部長の判断ですか？　それとも、十津川にやらせろと、誰かが、部長に、いったんですか？」

と、十津川は、きいた。

「そんなことをきいて、どうするのかね？」

三上は、また、不快げな表情をした。

「わかりました」

と、十津川は、いった。どうやら、誰かが、三上部長に、十津川にやらせたらどうだと、いったらしい。

「早く、解決したまえ」

と、三上は、いった。

十津川は、重い気分のまま、亀井と、新宿西口に出かけた。

高層ビルの三十六階にあるＰという喫茶店である。相手は、先に来ていた。近藤要と一緒にいる男を見て、十津川は、あれっと、思った。あの谷沢正だったからである。

「君は――」

と、思わず、十津川が、口に出すと、近藤が、

「君たちは、知り合いなのか」

と、十津川を見、谷沢を見た。

谷沢は、ちょっと、青い顔で、

「警部さんには、会っています」

「それを、なぜ、私に、黙っていたんだ？」

と、近藤が、きく。

「この警部さんは、頭から、僕を、犯人扱いしたからですよ。そんな人は、信頼できない。何をいっても無駄だと思ったから、近藤先生にも、黙っていたんです」

と、谷沢は、いった。

亀井が、どうなっているんですかという顔で、十津川を見た。

十津川は、どうしても、弁明口調になってしまって、

「いや、殺された北原真理と、昔、付き合いがあった、ということで、この谷沢さんに、会って、話をきいたんだ」

と、亀井に、いった。

「僕を犯人扱いでしたよ」

と、谷沢が、また、いった。

「そう受け取られたら、私が悪いんだ。申し訳ない」

と、十津川は、頭を下げた。

「僕は、確かに、昔、彼女と付き合っていたから、疑われても仕方ありませんが、警察は、公平に、捜査をして欲しいんです。僕より、もっと疑うべき人がいるはずですよ」

と、谷沢は、いった。

「近藤さん、この人が、事件に関係のあるものを、持って来てくれたということですか？」

亀井が、近藤に、きいた。

「谷沢クン。持ってきたものを、お見せしなさい」

と、近藤が、いい、谷沢は、ポケットから、コピーされた手紙の束を、持ち出した。

「これは、ある有力政治家が、殺された北原真理に出したラブレターのコピーです。このために、彼女は、殺されたんですよ。その政治家が、これが、自分のスキャンダルになることを、恐れてです」

と、谷沢は、熱っぽく、いった。

十津川は、ひと目で、あの手紙のコピーとわかった。

「これを、どうして、あなたが、持っているんですか?」

と、亀井は、きいた。

「彼女は、時々、僕に電話して来て、いろいろ、相談を、持ちかけていたんです。もう、二人の間に、愛だとか、恋の感情はありません。だから、相談相手として、よかったんでしょうね。彼女は、金に困っていて、そのことで、相談に来ました。僕は、最近、彼女が、有名な政治家と付き合っていることを知っていたので、彼に頼んだらどうだと、いいました。彼女は、今でも、彼が好きなのだが、彼のほうが、最近、自分を避け出した。それどころか、自分が、前に出した手紙を、返すようにと、いっているというんです。僕は、ぴんと来ましたよ。次の総選挙が、近づいているので、自分の傷になるようなことは、始末しておく気なんだと。だから、彼女にいってやったんですよ。そんな冷たい相手なら、ラブレターを、高く売りつけてやれってね」

谷沢は、熱っぽく、亀井に、訴えた。

「それで、どうなったんですか?」

と、亀井が、きく。

「彼女は、迷っていましたよ。彼女は、クラブで働いていましたが、純粋なところがあるんです。だから、手紙を、金にかえることに、抵抗があったんだと思いますよ。僕は、念のために、手紙のコピーを、取っておくように、すすめました。何しろ、相手は、海千山千《うみせんやません》の人間です。金を払うといって、手紙を取り上げておいて、あとは、そんなものは知らないと、突っぱねるかもしれませんからね。彼女は、僕のすすめに従って、コピーを取り、僕に、預かってくれといったんです。ところが、その直後に、行方不明になってしまったんです。そして、死体で、見つかったんですよ」

と、谷沢は、いう。

「それが、このコピーですか」

「読んでくだされば、内容から、差出人の政治家にとって、スキャンダルになることは、わかりますよ」

「その政治家が、北原真理を、殺したと思うんですね？」

「殺して、ラブレターを、奪ったんですよ。もちろん、本人が、手を下したとは、思っていませんがね。しかし、他に、彼女を殺して、ラブレターを奪う人間が、いますか？」

と、谷沢は、亀井を見、十津川を見た。

近藤が横から、

「織田真一郎さんについては、前から、いろいろと、女性の噂があったんですよ。これで、決定的になったと思いましたね。それに、自分のスキャンダル隠しのために、一度は、好きになった女を殺すなんて、許せないと、思ってね。それで、亀井刑事さんに、この谷沢クンを、紹介する気になったんです」

と、いった。

「問題は、直接、手を下した人間は、誰なのかということですが」

と、亀井が、いった。

「刑事さんも、ご承知かと思いますが、有力政治家には、ダーティな仕事を引き受ける人間が、ついているものですよ」

と、近藤は、いった。

「具体的に、名前は、わかりませんか」

「一つだけ、情報を提供しましょう。織田真一郎は、何人も、秘書を使っていますがね。最近、その中の一人が、見えなくなっているんです。暴力団ともつき合いのある男です」

「名前は？」

「Sとだけ、いっておきましょう。あとは、そちらで、調べてください」

と、近藤は、いった。

谷沢は、亀井と、十津川に向かって、

「僕は、警察は、権力におもねるものだと思って、信用してなかったんです。警部さんは、端《はな》から、僕を、犯人扱いでしたしね。近藤先生が、日本の警察は、信用できる、刑事個人個人は、正義感を持っているというので、このコピーを、刑事さんに、お預けするんです。何とか、彼女の仇を討ってください。お願いします」

と、いい、ぺこりと、頭を下げた。

6

近藤と、谷沢が、立ち去り、十津川と、亀井が、残った。

十津川は、テーブルの上に置かれた手紙のコピーに眼をやっていたが、

「カメさんに、話さなきゃならないことがあるんだ」

「そうだろうと、思っていました。警部が何か隠していらっしゃるのは、わかっていました」

と、亀井も、いった。

「わかったかね？」

「ええ。警部は、隠しごとが、下手《へた》ですからね」

と、亀井は、笑った。

十津川は、三上部長から、手紙の束を渡された経緯《いきさつ》を、亀井に話した。

亀井は、じっと、きいていたが、

「そのコピーと、同じものですか?」

「ああ、同じものだ」

と、十津川は、いった。

「警部、やりましょう」

と、亀井は、熱っぽく、いった。

「やりましょう――?」

「そうですよ。たぶん、織田真一郎は、このスキャンダルが、自分の政治生命を危うくすると思って、北原真理の口を封じたんですよ」

と、亀井は、いった。

「しかし、彼が送ったラブレターは、取り返せなかったんだよ」

「それは、こういうことだと思うんです。織田の意を体した人間が、北原真理に、ラブレターを、高く買うといって、誘い出した。ところが、彼女は、相手が信用できなくて、駅のコインロッカーに預けてから、会ったんです。相手は、てっきり、持参したと思い込んで、車で陣馬高原に連れて行って、殺してしまった。ところが、ラブレターを持ってなくて、あわてたと思いますよ」

「それなら、コインロッカーのカギを、彼女が持っていたはずだが――」

「それは、こうだと思いますよ。北原真理は、身の危険を感じて、とっさに、車から、そのカギを、投げ捨てたんだと」

と、亀井は、いった。

「もう一つ、引っかかることがあるんだ。三上部長は、このことを、誰に、相談したんだろう? たぶん、その人が、捜査を、私にやらせろと、いったと思うんだが」

と、十津川がいうと、亀井は、

「考えられるのは、原田《はらだ》総監でしょうか——。いや、違いますね。刑事部長は、原田総監と、意見が合いませんから。総監は、突撃ッといって、突き進む方ですが、三上部長は、何事にも、慎重ですからね。他の人に、相談したのかもしれません」

「私も、そう思っているんだ。その人間が、このラブレターを、持ち込んで、三上部長に、捜査を頼んだんだと思っている」

「誰でしょうか?」

「コインロッカーで発見した人間とは、思えない。あれは、JRが委託しているサービス会社が、管理している。その会社の顧問は、よく、政治家が、やっているが、それかもしれないな」

「そうですね。三上部長は、政治家が好きで、付き合いがありますからね」

と、亀井も、いった。

「たぶん、織田真一郎とは、ライバルの政党の人間だろうな。あわよくば、織田を叩きのめそうと考えているんだろう」

と、十津川は、いった。

「しかし警部。そんな政治家の思惑《おもわく》は、どうであれ、私は、織田真一郎が、自分の利益のために、一人のホステスの命を絶ったのなら、絶対に、許せませんよ。警部だって、同じでしょう」

と、亀井は、強い口調で、いった。

「ああ、私も、同じだ」

と、十津川も、いった。

7

十津川は、覚悟を決めて、織田真一郎の周辺を、捜査することにした。

その結果、いろいろな情報が、入ってきた。

亀井が、嬉しそうに、

「Sが誰か、わかりましたよ」

と、十津川に、報告した。

「近藤要のいっていた、織田の私設秘書のことか」

「ええ。名前は、佐野宏《さのひろし》。三十五歳です」

「今、その男は、どうしているんだ？」

と、十津川は、きいた。

「突然、馘《くび》になっています」

「馘――？」

「ええ。ところが、退職金として、多額の金を貰い、ハワイに出かけ、のんびりと、向こうで過しているという話です」

と、亀井は、いう。

「多額の退職金というのは、何かをしたことへの功労金というわけか」

「そうですよ。ダーティな仕事をさせたので、大金を与えて、ハワイへ、行かせたんでしょう。海外逃亡もかねてね」

「帰国したら、話をきこう」

と、十津川は、いった。

「やりましょう。いつまでも、向こうにいられるはずがありませんからね」

と、亀井は、いった。

その佐野宏が、帰国するという情報をつかんで、十津川たちは、成田空港に、張り込んだ。

十二月三日に、陽焼けして、帰国したところを、十津川たちは、捕まえ、任意同行という形で、捜査本部に、連れ戻り、訊問《じんもん》した。

佐野は、十津川や、亀井を睨《にら》んで、

「僕が、なぜ、こんな目にあわなきゃならんのですかね。すぐ、釈放しないと、訴えますよ」

「織田真一郎さんの秘書をしていましたね？」

と、十津川は、きいた。

「馘になりましたよ」

と、佐野は、いう。

「理由は？」

「意見が、あわなかったからかな」

「それなのに、退職金を、沢山貰っていますね」

「いけませんか？」

「いくら貰いました？」

「そんなこと、あんたたちと、関係ないでしょう？」

「十一月二十日の午後九時から十時の間、どこで、何をしていました？」

と、亀井が、きいた。

「十一月二十日？　そんな前のことは、覚えていませんよ。第一、何なんですか？　それは」

「北原真理という女性が、殺されたんですよ、その時間にね」

と、十津川が、いった。

「そんな女は、知りませんよ」

と、佐野は、肩をすくめるようにして、いった。

「あなたは、車を持っていますね？」

「ええ」

「最近、購入した日産シーマですね？」

「そうですが、それが、どうかしましたか？」

「今、どこにありますか？」

「処分しましたよ」

「処分した？　新車で、買ったばかりなのに？」

「僕の勝手でしょうが。ハワイに永住するつもりだったから、処分したんですよ」

「しかし、帰国した？」

「向こうは、素敵だけど、仕事がないんでね」

と、佐野は、いった。

「あんたは、その車で、殺した北原真理を、陣馬高原に運んだんで、処分してしまったんじゃないのかね？」

亀井が、佐野を、見すえて、いった。

「バカバカしい」

「これは、殺人事件の捜査なんだよ。十一月二十日のアリバイが、証明されないと、君は、まずいことになるよ」

と、亀井が、脅すように、いった。

8

佐野への訊問を、いったん中止して、廊下に出ると、いきなり、フラッシュが、たかれた。

十津川は、顔をしかめて、

「君たちは、何をしてるんだ?」

と、カメラを持った男を、睨んだ。男は、ニヤッとして、

「週刊Nです」

「刑事の写真なんか撮ったって、仕方がないだろう」

「ねえ。十津川さん。話してくださいよ」

「何を?」

「わかってるんですよ。大物政治家に、狙いをつけてるんでしょう?」

と、週刊Nの小林《こばやし》という記者が、いう。

「何のことか、わからないが——」

「殺されたホステスと、大物政治家のスキャンダルですよ。この殺人事件には、それが、絡んでる。でしょうなんでしょう?」

「なぜ、そんなことをいうのかね?」

と、十津川は、きいた。

「われわれにだって、情報は、入ってくるんですよ。大物政治家は、野党党首の織田真一郎でしょう? 警察が、その周辺を洗ってるのは、わかってるんです。書かせてくださいよ。これは、正義感で、いってるんです」

と、小林は、熱っぽく、いった。

「何のことか、わからんね」

「とぼけないでくださいよ。十津川さんは、正義感が強く、どんな権力にも、遠慮なく、立ち向かっていく人じゃありませんか。それとも、大物政治家は、怖いんですか？」

「何をいってるか、わからないと、いってるんだ」

「今、訊問してるのは、織田真一郎の秘書の佐野宏でしょう？」

と、小林は、いう。

「元秘書だよ」

「やっと、一つだけ、認めてくれましたね。それで、十分ですよ。来週号で、書きます。政界をゆるがすスキャンダルとしてね」

「おい、君」

と、十津川が、帰ろうとする小林に、声をかけるのを、亀井が、止めた。

「やらせておきましょう」

と、亀井が、いった。

「なぜ？」

「織田真一郎が、元秘書の佐野を使って、北原真理を、始末させたのは、間違いありませんよ。しかし、織田は、どうすることもできません。癪《しゃく》じゃありませんか。だから、週刊誌に、書かせましょうよ。そんなやり方で、織田を叩くより仕方が、ありません」

と、亀井は、いった。

「週刊Nのニュースソースは、近藤と、谷沢だよ」

と、十津川は、いった。

「そうでしょうね。警察だけでは、織田を、逮捕できないと思って、週刊誌に、話したんだと思います。それで、いいんじゃありませんか」

と、亀井は、いった。

「カメさんは、それで、本当にいいと、思っているのかい？」

「私は、無性に腹が立っているんですよ。偉い政治家が、ホステスに惚れて、愛人にしたのは、構いませんよ。人間らしくて、いいとさえ思いますよ。ところが、自分の選挙に、差し障《さわ》りがあるとなると、人を使って、彼女の口をふさぎ、自分の書いたラブレターを、始末しようとする。それが、許せないんですよ」

と、亀井は、いった。

「しかしね――」

「警部らしくないじゃありませんか。怖いんですか？」

「それはないがね」

「それなら、やりましょうよ。叩き潰して、やろうじゃありませんか」

と、亀井は、いった。

十津川は、ふと、不安になってきた。流れが、一方的になっていることがである。

十津川は、問題のコインロッカーの管理をしているKサービスについて、調べてみることにした。

Kサービスの顧問の形で、関係しているのは、清《きよ》沢《さわ》克己《かつみ》という政治家だった。

年齢は、六十歳。

その所属が、織田真一郎が党首の野党と知って、十津川は、首をかしげてしまった。

てっきり、織田とは、ライバルの党の人間だと思っていたからである。

（わからないな）

と、思った。

清沢が、なぜ、党首の織田が傷つくようなものを、三上部長のところへ持ち込んで、調べさせようとしたのか。

しかも、その捜査を、十津川にやらせるように、いったという。三上部長は、慎重居士《こじ》だから、手《て》心《ごころ》を加えるだろうが、十津川は、突進してしまうかもしれない。それを知っていて、わざわざ、十津川を指名したのだろうか？

（清沢は、スキャンダルで、党首の織田を、追い落し、自分が、党首になるつもりなのだろうか？）

しかし、清沢は、党で、そんな地位にはないのだ。党の役職についていない、ただの平党員でしかない。

それとも、野党の党首を、失脚させ、それを勲章にして、今の与党に、鞍《くら》がえする気なのだろうか？

だが、そういう人間を、与党が、喜んで、受け入れるだろうか？

日本人は、仲間意識が強くて、正義よりも、かばい合いが好きな人種だ。不正が摘発されると、そのことよりも、誰が、通報したか、その犯人探しに熱中する。とすれば、仲間というか、リーダーを裏切った清沢を、喜んで、受け入れないのではないだろうか？

十津川の困惑は、一層強いものになってきた。

（何か、おかしい）

と、思う。

選挙が近づいていて、今のところ、形勢は、混沌《こんとん》としている。

野党の勝利という評論家もいる。ちょっとしたことで、形勢が変わるのだ。

そういえば、前の総選挙の時、織田は、政権側で、幹事長だった。圧倒的な優勢といわれていたのだが、彼の実弟の覚醒剤所持が、摘発され、それが、原因で、敗れたのである。

織田は、この事件を、もみ消そうとして、裁判所や、警察に対して、猛烈に、働きかけをしたが、結局、無駄に終わった。

今度の選挙も、織田のスキャンダルが、明るみに出れば、敗北は間違いない。

前の時、織田は、「これは、警察と、マスコミの陰謀だ！」と、叫んでいる。

今度も、スキャンダルが、明るみに出て、選挙に負けたら、同じように、「マスコミと警察の陰謀」と、叫ぶだろうか？

それにしても、策士といわれる織田が、同じ愚を、なぜ、繰り返そうとしているのだろうか？

おかしいことは、まだある。

評論家の近藤は、八方美人で有名な男だ。それが、なぜ、織田潰しに、動きまわっているのだろう？

元秘書の佐野が、織田の指示で、ラブレターを取りあげようと、北原真理を殺したとする。ラブレターを、持っているのを確認せずに殺したのも、ずさんだし、死体の埋め方も、おかしいではないか。すぐ見つかるように、浅く埋めたり、身元がすぐわかるように、死体の服のポケットに、運転免許証を入れておいたりしているのも、不自然だ。

その上、佐野は、騒ぎが大きくなったところへ、わざわざ、ハワイから、帰国している。

これだって、おかしいといえば、おかしいのだ。

十津川は、亀井に内密に、織田の色紙を手に入れることにした。

織田と同郷のレストランの主人が、持っているのを聞いて、それを、借りた。例のラブレターの字と比べると、よく、似ている。

十津川は、この二つを、科捜研に持って行って、筆跡鑑定してもらうことにした。

丸一日かかって、その結果が出て、十津川は、わざわざ、科捜研まで行き、専門家の話をきいた。

「一見すると、よく、似ているが、別人の書いたものだね」

と、古田《ふるん》という専門家が、言った。

「別人の筆跡というのは、間違いありませんか？」

と、十津川は、念を押した。

古田は、うなずいて、

「細《こま》かい点が、違っている。特に『夢』という字と、『年』という字は違いが、はっきりしているよ」

と、比較して、説明してくれた。

十津川は、古田の鑑定報告書をつけて、亀井に、見せた。

亀井は、眼をむいて、

「どういうことなんですか？」

「問題のラブレターは、織田真一郎が、書いたものではないということだよ」

と、十津川は、いった。

「しかし、それなら、なぜ、織田が必死になって、取り返そうとしたんでしょうか？　北原真理を、殺しまでして」

亀井は、当惑の顔で、いう。

「たぶん、佐野にも、アリバイがあるよ」

と、十津川は、いった。

「佐野にですか？　アリバイがあるのなら、なぜ、われわれに、それを、いわないんですか？」

と、亀井が、きいた。

「いざとなったら、アリバイを、主張する気なんだろうね」

「なぜ、そんな面倒臭いことをしたんですか？」

「それを、これから、考えてみたいんだよ」

と、十津川は、いった。

「ええ」

「まず、ホステスの北原真理が、失踪し、関係があったという織田真一郎のラブレターが、持ち込まれた。持ち込んだのはたぶん、清沢代議士だと思うんだが、彼は、どちらかといえば、融通《ゆうずう》の利《き》かない私に、捜査させろと、三上部長にいった。清沢は、織田のひきいる党の人間なのにだ。ここからして、おかしいんだ。その内に、評論家の近藤が、動きまわり、真理の昔の恋人の谷沢を、われわれに会わせて、ラブレターのコピーを見せた。一方的に、織田真一郎が、クロだという流れが、できてしまった。こうなれば、警察だって、目をつぶってはいられない。その上、週刊Nが、このことを記事にするといい出した。ニュースソースは、近藤だろう」

「しかし、肝心《かんじん》のラブレターは、織田の書いたものではないわけでしょう?」

「そうだ」

「じゃあ、いざとなれば、引っくり返されてしまいますよ」

と、亀井は、いった。

「その通りだよ。その上、佐野にも、アリバイがあるとなれば、警察の完敗だ」

と、十津川は、いった。

「よくわかりませんね。何が、どうなってるか」

亀井が、当惑した顔で、つぶやいた。

「二年前の総選挙の時、織田は、政権側で、幹事長だった」

と、十津川は、いった。

「そうでしたね」

「選挙は、圧倒的な優勢と伝えられていたのに、彼の実弟が、覚醒剤所持で、逮捕された。政権党の幹事長の実弟が、覚醒剤をやっていたんだ。マスコミが、叩いて、選挙に、負けた」

「そうでしたね」

「あの時、織田は、必死になって、もみ消しに、走っている。警察のOBを動員して、原田総監にも、働きかけたらしい。が、硬骨漢の総監は、断固として、織田の実弟を逮捕した」

「ええ」

「織田は、敗北し、野党になった時、これは、マスコミと、警察の陰謀だと叫んでいる」

と、十津川は、いった。

「思い出しました」

と、亀井は、いった。

「織田は、その復讐を、考えたんだよ」

と、十津川は、いった。

「復讐ですか？」

「ホステスが殺され、スキャンダルを恐れた織田真一郎の犯行ではないかという空気を、作る。織田が、彼女に送ったというラブレターが、見つかる。その捜査が、警視庁に要請される。評論家の近藤が、この噂が、本当だという。彼女の昔の恋人が、彼女は、そのラブレターで、織田をゆする気だったと、証言する。だから、彼女が殺されたのは、そのためだったとね。正義感に燃えたわれわれ刑事は、それに引きずられて、織田真一郎の悪を、追及する。週刊誌が、そんな警察の動きを、書き立てる」

「――――」

「ところが、突然、形勢が、逆転する。筆跡鑑定の結果、問題のラブレターは、ニセモノだとわかる。北原真理を殺したと思われた織田の秘書には、アリバイがあった。そうなると、どういうことになるのか」

「警察は、責任を問われますね」

と、亀井が、いった。

「ああ、そうだ。おそらく、原田総監は、責任をとって、辞めざるを得ないだろう」

「二年前の仇討ちですか――」

亀井の顔が、青ざめていた。

「それだけじゃない。二年前の、織田真一郎の実弟の覚醒剤事件も、ひょっとすると、警察のでっちあげではないかという空気が生まれてくる。その狙いも、織田にはあるはずだ」

「二年前に、彼の実弟を、覚醒剤容疑で逮捕した時は、権力に支配されない警察ということで、賞讃されたのを、覚えていますがね」

亀井が、いった。

十津川は、苦い笑い方をして、

「世間の評価というのは、そういうものさ。何かあれば、がらりと、変わるんだ」

「どうしたらいいですか？　週刊Nが、次の号で、今度のことを、書き立てますよ」

と、亀井が、いった。

「今日中に、捜査本部長の三上部長に、記者会見を開いてもらう。記者会見では、今回の殺人事件に、ある政治家が関係しているのではないかという噂が流れているが、捜査した結果、全く無関係とわかったと、発表してもらうんだ」

と、十津川は、いった。

「――――」

「今のところ、他に、打つ手はない」

「連中の企みをあばくことは、できませんか？」

と、亀井が、いまいましげに、いう。

「無理だね」

「無理ですか？」

「織田本人は、今回の件について、何もいってないし、何の動きもしてないんだ。質問したところで、何のことかわからないと、いうだろう。佐野にしても、われわれが、勝手に、疑って、訊問したのだと、文句をいうだけだよ」

「近藤要は？」

「彼だって、純粋に、政界のことを心配して、スキャンダルの噂を、警察に、調べてもらっただけだというさ」

と、十津川は、いった。

この日の午後、三上部長が、記者会見を開き、十津川の希望した通りの声明を、発表した。

佐野も、帰した。

たぶん、週刊Nも、次号での特集を、止めるだろう。

「しかし、警部。北原真理が、殺されて、埋められたという事実は、厳然として、残っていますよ」

と、亀井は、いった。

「もちろんだ。だから、捜査本部は、そのままだ」

と、十津川は、いった。

「彼女を殺したのは、誰だと思いますか？」

「恐らく、谷沢だろう。他に、考えようがない」

と、十津川は、いった。

「すぐ、逮捕しましょう」

と、亀井が、いった。

「そうしたいが、われわれが、記者会見をしている間に、海外へ出発してしまった。西本刑事たちを、行かせたんだが、一足、おそかったんだ」

「その金は、織田に、貰ったんじゃありませんか？」

と、亀井が、いう。

「たぶんね」

「彼を捕えて、その辺のところを、吐かせられれば――」

と、亀井が、いった。

「北原真理に対する殺人容疑で逮捕はできるかもしれないが、それ以上は、無理じゃないかな」

と、十津川は、悲観的ないい方をした。

「彼はいつ帰って来るんですか？」

「わからないが、私は、いつまででも、辛抱《しんぼう》強く待つよ」

と、十津川は、いった。

「ニセのラブレターは、どうなったんですか？」

と、間を置いて、亀井が、きいた。

「三上部長が、焼却しろというので、焼いてしまったよ」

と、十津川は、いった。

「残念というか――」

と、亀井が、呟く。

その眼の前に、十津川は、一通の封書を、ひらひらさせた。

「十一通は、燃やしたが、一通だけ、とっておいたんだ」

と、十津川は、笑った。

「それを、どうされるんですか?」

「私は、これでも、意外に、執念深くてね。いつか、このニセのラブレターを作った人間を、探し出してやろうと思っているのさ。書かせた奴もね」

と、十津川は、いった。

※収録作品はフィクションであり、実在の個人・団体・事件・地名などとはいっさい関係ありません。（編集部）

解説　十津川警部の新たな魅力が発見できるアンソロジー

小柳治宣《おなぎはるのぶ》（日本大学教授・文芸評論家）

十津川《とつがわ》警部シリーズの数多い短編作品の中でも、異色作中の異色作といっても過言ではない四編が、本書には収録されている。その意味では、「意外な」あるいは「新鮮な」面白《おもしろ》さが発見できるはずである。

「小説NON」の二〇一三年二月号に発表されたばかりの最新作「一期一会《いちごいちえ》の証言」は、老婦人の描いた一枚の絵が事件を解く重要な鍵となっている。七十一歳の今泉明子《いまいずみあきこ》は、夫がすでに亡く、娘たちも結婚しているため、認知症予防も兼ねて彦根《ひこね》城の観光ボランティアをしていた。その日、明子が案内したのは、男二人、女三人のグループだったのだが、案内が終わって気づいてみると、三人いたはずの女性が二人しかいない。ところが、その四人は、最初から女は二人だったと主張するのだ。明子は、自分が認知症になったのではと心配になってきたが、その翌日、昨日姿を消した女性が一人で現われた。急用が出来て一人だけ東京へ帰ったのだが、彦根城をもう一度見てみたくなって戻ってきたと言う。例の四人に明子はからかわれたということらしい。その女性は中島由美《なかじまゆみ》と名乗り、年齢は三十歳で来年結婚する予定だと、明子に話した。

その一週間後、東京・月島《つきしま》の冷凍倉庫で女性の死体が発見された。身元が分からなかったのだが、新聞の記事を見て通報してきたのが彦根城で観光ボランティアをしている今泉明子だった。彼女が描いてあった似顔絵から被害者は、中島由美であることが確認された。とすると、由美が殺害されたのは、今泉明子と会った日よりも後のことになる。容疑者とみなされる四人には、全員アリバイがあった。中島由美が、今泉明子の証言通りに彦根を二回訪ねていたとすると、容疑者がいなくなってしまうのだ。ところが、今泉明子が十津川に語った一言で状況は一変する。自白しないまま起訴された容疑者の犯行を証明できるのは、今泉明子の証言のみである。十津川は、七十一歳の老婦人の記憶力にすべてを賭《か》けることにしたのだが……。一歩間違えれば、すべて逆転しかねないこの危ない橋の渡り方は、おそらく十津川の長い刑事生活の中でも他に類を見ないほどユニークなものといえるであろう。

「絵の中の殺人」は、〈十津川は、一枚の絵を買った〉で始まる。これだけでも読者にとっては意外であろう。十津川にそんな趣味があったのかと驚くかもしれない。だが、妻の直子《なおこ》がインテリアデザイナーであることを考えると、直子に影響されたとみることもできる。大学時代にはひとかどの文学青年で、太宰治《だざいおさむ》の文章をまねて、同人雑誌を友人と出していた（「特急『富士』殺人事件」）という経験をもつ十津川であってみれば、美術に対する興味をもともともっていたと推測することもできるのである。

さて、十津川の買った無名画家の水彩画にはさくら並木が描かれているのだが、そのさくらの樹の根元に、若い女が横たわっていた。絵の題名が「死体のある風景」となっているところから考えても、その女性は死体なのだろう。

その絵の作者、白石清《しらいしきよし》はすでに死んでおり、家族が持ち込んだものであった。その絵を自宅へ持ち帰って、妻の直子と眺めていた十津川は、その「死体」がどうにも気になって仕方がない。そこで、絵が描かれた事情を亡くなった画家の家族に会って聞いて来て欲しいと、直子に頼むことになった。まだ事件性があるかどうか分からないので、十津川自身が時間を割《さ》いて動くわけにはいかないからだった。

ところで、既刊の『十津川直子の事件簿』（祥伝社ノン・ノベル）からも明らかなように、十津川シリーズのなかに妻の直子が顔を見せる作品は少なくない。短編ばかりでなく、『夜間飛行《ムーンライト》殺人事件』や『豪華特急トワイライト殺人事件』などの長編にも登場している。ちなみに、前者は冒頭が十津川と直子の結婚披露宴のシーンであり（直子の初登場作品ということになる）、後者では夫婦で北海道旅行を楽しんだ、その帰路、寝台特急の車内で殺人事件に遭遇するのだが、十津川の捜査にプレッシャーをかけるために、直子が拉致《らち》されてしまう。

その直子が調べてきたところによると、絵に描かれたさくらの樹の配置もM寺の本堂の形も実物を忠実に再現したものであった。家族の話では、今年の四月の中旬に、M寺の絵を描きに行って来ると言って出かけ、戻ってくると、警察の悪口を言って腹を立てていたというのだ。そのひと月ほどあとに、白石は交通事故で亡くなり、はねた犯人も捕まっていた。翌日、十津川が調べてみると、白石はM寺の境内《けいだい》のさくらの下で、若い女性が死んでいると言って、警察に訴えに来ていることが判明した。だが、死体はおろか、怪我人《けがにん》や行方不明者も見つかってはいなかった。

それでも納得できない十津川は、亀井《かめい》刑事とともに「事件」の可能性を探っていく。すると、意外な事実が浮かび上がってきた。なんと、例の絵に描かれたさくらは今年のものではなく、去年のものだったのだ。だが、白石の妻によれば、「主人は去年絵を描いていない」のだという。だとすると、去年の景色を今年描いたことになり、女の死体があったのも去年だったということになりはしないか。それなのに、なぜ白石は、今年死体を見たなどと言ったのか。彼の言動にはおかしな点が多い。果たして、白石の事故死は、女の死体と関係しているのか……。

一枚の絵が事件の核心にかかわってくる作品としては、他にも長編『伊豆急「リゾート21」の証人』がある。そこでは、写真機で写すように記憶してしまうサバン症候群の天才青年画家が描いた絵が、アリバイを証明する重要な証拠となって、十津川を苦しめることになる。

「処刑のメッセージ」は、インターネットに掲載された小坂井《こさかい》ゆきなる人物の葬儀予告から幕を開ける。シリーズ中の異色作と言えば、これほどの異色作もないのではなかろうか。ネット上に示された小坂井ゆきの葬儀場所は、なんと首都高速羽田《はねだ》線であった。これはいったい何を意味するのか？　首都高速の上で葬儀を行なうなど常識では考えられない。いたずらなのか？　パソコンが趣味の西本《にしもと》刑事から、この情報を得た十津川たちが調べたところ、小坂井ゆきというタレントが実在していることが判明した。しかも彼女は、予告された葬儀日にあたる今日、沖縄から羽田に着き首都高速で都心まで帰って来ることになっているというのだ。それが予告時間ともぴったり合っていた。運悪く携帯での連絡も取れないまま、彼女を乗せた車は走り続けていた。果たして、高速上での葬儀などという無謀なことが、現実のものとなってしまうのか……。

しかも、ネット上に掲載された葬儀という名目での殺人予告は、これ一件で終わったわけではなかった。スピーディでスリリングな展開と言い、現代の社会的病理を背景とした犯行の動機と言い、さらには犯人と十津川の最後の死闘と言い、異色ぶりを十分に堪能《たんのう》できるはずだ。最後の一行がとくに味わい深い作品である。

残りの一編「**事件の裏側**」では、十津川にとって不可欠の相棒とも言える亀井刑事を騙《だま》しながら、極秘に捜査を進めざるを得ない立場に十津川は身を置くことになる。

三上《みかみ》部長から十津川は次期首相の可能性が高い野党党首の織田真一郎《おだしんいちろう》が、愛人に宛てた十二通の手紙を渡された。それらは、期限切れのコインロッカーから発見されたものだった。しかもこの手紙の所有者、北原真理《きたはらまり》は、一週間前から行方不明らしい。真理の失踪《しっそう》の原因が、これらの手紙にあるとすれば、簡単に焼却処分にして何もなかったことにすることもできない。

織田を傷つけずに、この事件を解決して欲しい――これが、三上部長からの依頼であった。この手紙については、マスコミも嗅《か》ぎつけているらしいので、極秘に捜査しなければならない。

ところが、翌日、失踪していた北原真理の死体が、東京郊外の雑木林で発見された。明らかに他殺である。六本木《ろっぽんぎ》のクラブで働いていた真理の男関係を調べていた亀井刑事は、彼女と付き合っていたという大企業の幹部か、政治家が怪しいとみて、そちらを追い始めた。十津川は、いつ織田真一郎の名が出てくるのか気が気でないが、亀井刑事は着実に織田に迫っていた。

一方、十津川は、亀井刑事とは別に真理の学生時代の恋人の谷沢正《やざわただし》に当たってみることにした。亀井刑事にしてみると、面白かろうはずがない。そうと分かっていながらも、そうせざるを得ない十津川の苦渋《くじゅう》が、本編の読み所と言えなくもない。十津川は十津川なりに、ラブレターを使って谷沢が織田から金を脅《おど》し取ろうと考えて、真理を殺したのではないかという仮説を立てた。だが、織田が手を下したにしろ、谷沢が犯人だったにしろ、どこか引っかかるところがある。果たして、事件の「裏側」には、どんな真相が潜《ひそ》んでいたのであろうか。それは、政治の裏側に相通ずるものでもあった。この作品も、十津川の最後の台詞《せりふ》が、実に小気味良い。ここに十津川の十津川らしさが凝縮《ぎょうしゅく》されていると言ってもよいだろう。

以上のように、本書に収められた四つの作品からは一味違った十津川シリーズの新たな魅力を発見できるはずである。

西村京太郎ファンクラブのお知らせ

会員特典（年会費2200円）

◆オリジナル会員証の発行
◆西村京太郎記念館の入場料半額
◆年2回の会報誌の発行（4月・10月発行、情報満載です）
◆抽選・各種イベントへの参加（先生との楽しい企画考案中です）
◆新刊・記念館展示物変更等のハガキでのお知らせ（不定期）
◆他、追加予定!!

入会のご案内

■郵便局に備え付けの郵便振替払込金受領証にて、記入方法を参考にして年会費2200円を振込んで下さい　■受領証は保管して下さい　■会員の登録には振込みから約1ヶ月ほどかかります　■特典等の発送は会員登録完了後になります

［記入方法］**1枚目**は下記のとおりに口座番号、金額、加入者名を記入し、そして、払込人住所氏名欄に、ご自分の住所・氏名・電話番号を記入して下さい

郵便振替払込金受領証　（窓口払込専用）

口座番号	金額（千百十万千百十円）
00 / 00230-8-17343	2200
加入者名：西村京太郎事務局	料金（消費税込み）／特殊取扱

2枚目は払込取扱票の通信欄に下記のように記入して下さい

通信欄
(1) 氏名（フリガナ）
(2) 郵便番号（7ケタ）※必ず**7桁**でご記入下さい
(3) 住所（フリガナ）※必ず**都道府県名**からご記入下さい
(4) 生年月日（19××年××月××日）
(5) 年齢　(6) 性別　(7) 電話番号

※なお、申し込みは、郵便振替払込金受領証のみとします。メール・電話での受付は一切致しません。

■お問い合わせ（西村京太郎記念館事務局）
TEL 0465-63-1599

十津川警部 怪しい証言

ノン・ノベル百字書評

キリトリ線

なぜ本書をお買いになりましたか（新聞、雑誌名を記入するか、あるいは○をつけてください）

□ （　　　　　　　　　　　　）の広告を見て
□ （　　　　　　　　　　　　）の書評を見て
□ 知人のすすめで　　□ タイトルに惹かれて
□ カバーがよかったから　　□ 内容が面白そうだから
□ 好きな作家だから　　□ 好きな分野の本だから

いつもどんな本を好んで読まれますか（あてはまるものに○をつけてください）

●**小説**　推理　伝奇　アクション　官能　冒険　ユーモア　時代・歴史
恋愛　ホラー　その他（具体的に　　　　　　　　　　）

●**小説以外**　エッセイ　手記　実用書　評伝　ビジネス書　歴史読物
ルポ　その他（具体的に　　　　　　　　　　）

その他この本についてご意見がありましたらお書きください

最近、印象に残った本をお書きください		ノン・ノベルで読みたい作家をお書きください	

1カ月に何冊本を読みますか	冊	1カ月に本代をいくら使いますか	円	よく読む雑誌は何ですか	

住所					
氏名		職業		年齢	

あなたにお願い

この本をお読みになって、どんな感想をお持ちでしょうか。

この「百字書評」とアンケートを私までいただけたらありがたく存じます。個人名を識別できない形で処理したうえで、今後の企画の参考にさせていただくほか、作者に提供することがあります。

あなたの「百字書評」は新聞・雑誌などを通じて紹介させていただくことがあります。その場合はお礼として、特製図書カードを差しあげます。

前ページの原稿用紙（コピーしたものでも構いません）に書評をお書きのうえ、このページを切り取り、左記へお送りください。祥伝社ホームページからも書き込めます。

〒一〇一-八七〇一
東京都千代田区神田神保町三-三
祥伝社
NON NOVEL編集長　保坂智宏
☎〇三(三二六五)二〇八〇
http://www.shodensha.co.jp/bookreview/

NON NOVEL

「ノン・ノベル」創刊にあたって

「ノン・ブック」が生まれてから二年一カ月、ここに姉妹シリーズ「ノン・ノベル」を世に問います。

「ノン・ブック」は既成の価値に〝否定《ノン》〟を発し、人間の明日をささえる新しい喜びを模索するノンフィクションのシリーズです。

「ノン・ノベル」もまた、小説《フィクション》を通して、新しい価値を探っていきたい。小説の〝おもしろさ〟とは、世の動きにつれてつねに変化し、新しく発見されてゆくものだと思います。

わが「ノン・ノベル」は、この新しい〝おもしろさ〟発見の営みに全力を傾けます。

ぜひ、あなたのご感想、ご批判をお寄せください。

昭和四十八年一月十五日

NON・NOVEL編集部

NON・NOVEL —1006

トラベル・ミステリー　十津川警部《とつがわけいぶ》 怪《あや》しい証言《しょうげん》

平成25年5月20日　初版第1刷発行

著　者　西《にし》村《むら》京《きょう》太《た》郎《ろう》

発行者　竹内和芳

発行所　祥《しょう》伝《でん》社《しゃ》

〒101-8701

東京都千代田区神田神保町 3-3

☎ 03(3265)2081(販売部)

☎ 03(3265)2080(編集部)

☎ 03(3265)3622(業務部)

印　刷　萩原印刷

製　本　関川製本

ISBN978-4-396-21006-9　C0293

Printed in Japan

祥伝社のホームページ・http://www.shodensha.co.jp/